Anton Mayer

Der Maler Martin Johann Schmidt

Anton Mayer

Der Maler Martin Johann Schmidt

ISBN/EAN: 9783743629332

Hergestellt in Europa, USA, Kanada, Australien, Japan

Cover: Foto ©Raphael Reischuk / pixelio.de

Weitere Bücher finden Sie auf **www.hansebooks.com**

Peint par Joal. Haubenstricker 1770   Holzschnitt v. Gaa-b & Srobeyn Wien

Der

Maler Martin Johann Schmidt,

genannt

der „Kremser Schmidt"

Ein Beitrag zur österreichischen Kunstgeschichte im XVIII. Jahrhundert

von

Dr. Anton Mayer,

Besitzer der grossen goldenen Medaille für Wissenschaft und Kunst, Sekretär und Ausschuss-
mitglied des Vereines für Landeskunde von Niederösterreich, Redakteur der „Blätter für
Landeskunde von Niederösterreich".

Mit zwei Kunstbeilagen.

WIEN 1879.

Druck und Verlag von L. W. Seidel und Sohn.

DEN STÄDTEN

KREMS UND STEIN

DER VERFASSER.

Vorwort.

Die Vorstudien für den zweiten Band meiner „Geschichte der geistigen Kultur in Niederösterreich von der ältesten Zeit bis in die Gegenwart", in der auch die Malerei ihren Platz finden soll, führten mich auf den Maler Martin Johann Schmidt, genannt „Kremser Schmidt".

Je mehr ich über diesen Meister nachforschte, um so mehr gewann ich Vorliebe für ihn und seine Werke, so dass ich in meinen Studien nicht schon dort inne hielt, sobald dem obigen Zweck entsprochen war, sondern dieselben so lange fortsetzte, bis diese Arbeit über Martin Johann Schmidt entstand.

Es waren dabei nicht geringe Schwierigkeiten zu überwinden, da über seinen äusseren Lebenslauf nicht viel bekannt ist, über seinen Bildungsgang die Quellen noch dürftiger fliessen und seine Bilder in Kirchen und im Privatbesitz überall zerstreut sind.

Der Biograph eines solchen Meisters darf daher nur dann hoffen, ein an Mannigfaltigkeit der Züge reicheres, nichts destoweniger doch wahrheitsgetreues Bild des Lebens- und Bildungsganges entwerfen zu können, wenn es ihm gelingt, den Zusammenhang aller Fäden nachzuweisen und klar zu legen, unter welchen sich derselbe zu seiner künstlerischen Bedeutung entwickelte.

In wie weit ich diesen Anforderungen entsprochen habe, mögen die Fachmänner beurteilen. Ich habe mich nach besten Kräften bestrebt, überall nach den zuverlässigsten Quellen geforscht und auch auf ein der Bedeutung Schmidt's entsprechendes Bilderverzeichnis ein besonderes Augenmerk gerichtet. Was ich von diesen Bildern selbst gesehen habe, darauf beruht hauptsächlich der zweite Teil meiner Arbeit, welcher Schmidt und seine Werke im Verhältnisse zur österreichischen Kunst im vorigen Jahrhundert schildert.

Die Stadtvertretungen von Krems und Stein haben in pietätvoller Erinnerung an ihren einstigen verdienten Rathsherrn und Mitbürger Johann Martin S c h m i d t die Widmung dieser Schrift bereitwilligst angenommen und auch für die Herstellung des Titelbildes einen Teil der Kosten gedeckt. Ihnen sowie den Herren Bürgermeistern Dr. Ferdinand D i n s t l und Paul S c h ü r e r sage ich deshalb meinen Dank, wie auch dem Vereine für Landeskunde von Niederösterreich, der mir seine Unterstützung bei der Veröffentlichung angedeihen liess.

Ferner sage ich noch meinen Dank den P. T. hochw. Herren Prälaten und Domherren Franz K o r n h e i s l, Direktor der f. e. Konsistorialkanzlei in Wien, und Ferdinand Z e h e n g r u b e r, Kanzler in St. Pölten, den P. T. hochw. Herren Prälaten Rudolf G u e n b a u e r in Göttweig, Alexander K a r l in Melk, Augustin D u ç a in St. Paul in Kärnten und Cölestin G a n g l b a u e r in Kremsmü ster. In gleicher Weise bin ich zu Dank verpflichtet dem Herrn Hof the M. A. R. v. B e c k e r, Direktor der k. k. Familien-Fideikommiss-Bibliothek, welcher mir eine Radierung Coloman Fellner's aus der berühmten Kupferstichsammlung dieser Bibliothek für die Herstellung des Holzschnitt-Titelblattes gütigst überliess, dem hochw. Herrn Pfarrer und Ehrendomherrn Franz E c k e l in Stein, dem hochw. Herrn Professor Ludwig D e b o y s in Seitenstetten, dem hochw. Herrn Pfarrer und Ehrendomherrn in Tuln, Dr. Anton K e r s c h b a u m e r, den Herren Karl R o s n e r, n. ö. Landesingenieur in Krems, und Emil H ü t t e r, Magistratsbeamter in Wien, welcher die Radierung: „Das Haus des Kremser Schmidt in Wien" beigestellt hat, u. m. a.

Wien, am 24. Mai 1879.

Anton Mayer.

Benützte Quellen.

(De Luca) Das gelehrte Oesterreich. Ein Versuch. Wien 1778. I. Bd. II. T. p. 347 ff. — Hormayr's Archiv für Geschichte u. s. w. Jahrg. 1825 p. 697 f. — Schmidl, Oesterreichische Blätter für Literatur und Kunst, Wien 1844 (I. Jahrg., IV. Quartal) Nr. 78 p. 621 (in dem Aufsatze: Kunstschätze aus dem Gebiete der Malerei in Mähren von Dudik). — Mich. Kunitsch, Biogr phien merkwürdiger Männer der österr. Monarchie, Gräz 1805, 3. Bändchen p. 15..—160. — Samuel Bauer, Allgem. histor. biograph. literar. Handwörterbuch aller merkwürdigen Personen, die im ersten Jahrzehent des XIX. Jahrh. gestorben sind. Ulm 1816, II. Bd. p. 424. — Intelligenzblatt von Salzburg. Jahrg. 1802 (Stück 3 p. 44 und Stück 7 p. 105). — Benedikt Pillwein, Biographische Schilderungen oder Salzb. Lexikon, p. 210. L. — Hübner, Beschreibung der hochfürstlich-erzbischöflichen Haupt- und Residenzstadt Salzburg, I. Bd. p. 437. — Oesterreichische National-Encyklopaedie. 1835. III. p. 289. — Fuessli, Allgem. Künstlerlexikon 1810, p. 1516. — Nagler, Neues, Allgem. Künstlerlexikon, XV. p. 349. -- J. Meyer, Das grosse Konversationslexikon II. Abt. VII. Bd. p. 1088, Nr. 37. — Dr. Const. Wurzbach, Biograph. Lexikon, XXX. Band. — Franz Tschischka, Kunst und Altertum in dem österreichischen Kaiserstaate, Wien 1836. — Blätter aus Krain. Beilage zur Laibacher Zeitung, III. Jahrg. 1859 p. 156, 159 f. 162 178 ff. 182 ff. 191 ff. (Sämmtliche Artikel von Prof. Vonbanck). — Carniola (Laibacher-belletristisches Blatt) II. Jahrgang 1839|40 p. 416. — Kremser Wochenblatt, XI. Jahrg. 1866 (Nr. 12 u. 13) mit dem Aufsatze von Prof. Ed. Kurz: Mart. Joh. Schmidt, gen. der „Kremser Schmidt". — Jos. Kinzl's Chronik der Städte Krems, Stein und ihrer nächsten Umgebung, Krems 1869 p. 285, 297. Biographische Skizze. — Dr. Gust. Schreiner, Grätz, ein naturhistor. statist. topograph. Gemälde dieser Stadt und ihrer Umgebungen, 1843 p. 270. — Handschriftliche Mitteilungen.

I.

Es ist weder eine poesiereiche noch eine schöne, wol aber eine freundliche Gegend, in welcher zwischen getreidereichen Fluren, Wiesen und Gärten der niederösterreichische Markt Grafenwörth am kleinen Kamp nicht weit von dessen Einmündung in die Donau gelegen ist; seine Bewohner treiben seit alter Zeit Feldbau und Obstpflege als ihre Hauptbeschäftigung, und früh schon wird ihrer und des hier ansässigen Herrengeschlechtes in Urkunden erwähnt.[1]

Im zweiten Jahrzehent des vorigen Jahrhunderts, als die nahe gelegenen Städte Krems und Stein noch mit trotzigen Ringmauern und Türmen, den Resten einer längst entschwundenen, kampfbewegten Zeit, eng umschlossen waren, lebte in einem bescheidenen Hause jenes Marktes der bürgerliche Maler und Bildhauer Johann Schmidt als Inwohner.[2] Aus seiner Werkstätte giengen gar viele Werke hervor. Gedächtnis- oder Martersäulen, wie sie damals auf Wegen und Rainen in Feld und Flur häufig errichtet wurden, Heiligenstatuen. Kreuze und andere Gegenstände in Holz und Stein für Kirchen und Klöster, darunter manche, wie die Beicht- und Chorstühle und das Tabernakel in der Stiftskirche zu Tiernstein,[3] welche zu den besseren Arbeiten dieser Art gehören.

[1] Die Familie der Grafenwerder s. in Hoheneck's Geneal. I. 315. III. 129. 334. — 1249 Engilmar v. Grafenwerd in Chmel's Geschichtsforscher II. 550. Filz hist. michaelbur. — 1280 (⁴⁄₄) Fontes XI. 223. — 1313 Otto v. Gr. in Lang's Reg. V. 241. — a. 1344 (¹³⁄₆) Saul de Gr. l. c. VIII. 17.

[2] „Pilthauer und Inwohner allda." Nach dem Trauungsbuch der Pfarre Krems, dd. 9. Juni 1744 und dem Taufbuch der Pfarre Grafenwörth 1718. Leider ist in keinem Protokoll eine Hausnummer angegeben, und da Joh. Schmidt als Inwohner zur Miete wohnte, so ist es jetzt um so schwieriger, das Geburtshaus unseres Meisters aufzufinden: sonst wäre schon eine Gedenktafel an dem betreffenden Hause angebracht worden.

[3] Dieses Tabernakel ist eine ganz originelle Komposition. Es stellt einen Globus von beinahe 4' Durchmesser vor, in Felder geteilt, welche im vergoldeten Holzschnitzwerk die Lebensgeschichte Jesu enthalten. Das vordere Feld zeigt uns die Religion mit Emblemen, darunter die Worte: „Sacerdotes Dei estote memores ad altare Dei Hieronymi Praelati peccatoris maximi 1726". Den Aequator bezeichnet ein handbreiter silberner Gürtel, auf welchem heil. Orte in

1*

4

Es wird nicht lange vor dem Jahre 1714 gewesen sein, als Johann Schmidt aus der reichsfreien Stadt Frankfurt, wo er 1689 geboren war[1]) und sein Vater Bernhard Schmidt die Binderei in der sogenannten Binderstadt oder dem Binderviertel[2]) betrieben hatte, nach Oesterreich eingewandert war. In jenem Jahre 1714 hatte er sich nämlich am 27. November mit Katharina Paumgartner, Tochter des fürstl. Trautson'schen Hofgärtners Thomas Paumgartner in Schloss Friesing nahe St. Pölten,[3]) vermählt[4]) und lebte seitdem mit ihr in einer glücklichen und zufriedenen Ehe. Während er in seiner Werkstätte meisselte, schnitzte oder malte, waltete sie als tüchtige Hausfrau in ihrem Kreise, in Haus und Familie.

Dies waren die Eltern unseres „Kremser Schmidt", der am 25. September 1718 zur Welt kam und in der Kirche zu Grafenwörth auf die Namen Johann Martin getauft wurde.[5])

Palästina topographisch dargestellt sind; zwischen zwei Landschaften ist immer der Name eines Apostels verzeichnet. Darüber und unten sind Schrifttexte. Schweickhardt. Darstellung des Erzherzogtums Oesterreich unter der Enns. O. M. B. III. p. 134. Auf dem Ordensaltar (St. Bernhardaltar) des Stiftes Zwetl befindet sich in einem Glaskasten ein Jesukind aus Alabaster von „Schmidt aus Stein". Hat etwa Joh. Mart. Schmidt ein Werk seines Vaters hieher gespendet oder verkauft? Ueber die Art der Erwerbung konnte bis jetzt nichts aufgefunden werden.

[1]) Nach dem Grabstein an der Kirche zu Mautern.

[2]) Im Mittelalter zogen sich die gleichen Gewerbe in bestimmten Strassen oder Stadtvierteln zusammen und gaben ihnen dann die Namen. Die durch starkes Getöse oder üblen Geruch lästigen Gewerbe mussten das um so eher thun und sich auch mehr gegen die Peripherie einer Stadt zu aufhalten. So gab es in Frankfurt a. M. eine Bindergasse, Pintstatt, Binderstätte. Vergl. Oertliche Beschreibung der Stadt Frankfurt am Main. Von Joh. G. Batton. III. Heft 1861 p. 295 f.

[3]) „Friesing (O. W. W.), Schloss und Gut des Fürsten von Trautsohn, mit der Herrschaft Goldeck vereinbart über der Trasen, hinter St. Pölten", F. W. Weiskern, Topographie T. I. p. 178. Schweighardt l. c. O. W. W. VIII. p. 84. Kirchl. Topographie VII. 175 f. 321. Dieses Schloss war auch mit einem Wassergraben umzogen und wurde erst am Anfang unseres Jahrhunderts abgetragen.

[4]) In den Pfarrmatriken der Pfarre Grafenwörth heisst es: „sponsus: Joannes Schmidt, bürgerl. Bildhauer allda, ehelicher Sohn des Bernhard Schmidt, „ain Pindter zu Pinstatt aus Frankfurt." sponsa: Katharina Paumgartnerin, Tochter des ehrsamen Thomä Paumgartner, Hofgärtners zu Friesing jenseits der Donau."

[5]) Nach dem Taufbuch der Pfarre Grafenwörth, Jahrg. 1718 p. 328 und dem Sterbebuch von Grafenwörth, Jahrg. 1724 und 1726. Sein Pathe war Martinus Schridtwieser „viduus allda." Der Taufname war auch Martin; auf Bildern

Er war nicht der Eltern einziges Kind — er war das zweite von fünf Geschwistern, zwei Knaben und drei Mädchen, von welch' letzteren aber zwei in der frühesten Kindheit starben; [1]) es gab daher im Hause neben der Arbeit auch des Tages Sorgen, aber ebenso linde Frühlingstage der Elternfreude. Das Familienleben beruhte auf einer einfachen und biederen Gesinnung, auf Zucht und Sitte und einer unermüdlichen Thätigkeit: namentlich war die Mutter in ihrem frommen Gemüte immer besorgt, neben anderen Tugenden auch religiösen Sinn schon früh in den Kindern zu wecken. Solche Jugendeindrücke bleiben durch's ganze Leben und unvergesslich; auch in Martins jugendlichem Herzen hatten sie festen Grund, so dass es uns nicht wundert, wenn sie später in seinem Leben und in seiner Kunst so edle Früchte trugen. Als er der ängstlichen Muttersorge entwachsen war, durchlebte er, unverdorben und unverzärtelt,

---

und Radierungen unterzeichnet er sich meistens „Joh. Mart. Schmidt (J. M. Schmidt oder J. M. S.) P. (inxit)" seltener Martin Joh. (M. J. Sch.) Fr. Tschischka l. c. p. 396 setzt seinen Geburtstag auf den 22. September.

In mehreren Werken finden sich geradezu leichtsinnige Widersprüche, so über seinen Geburtsort bei Schweickhardt l. c. O. M. B. II. Bd. p. 62, wo es heisst: „geb. in Krems", und im II. Bd. C. M. B. p. 170 „geb. in Grafenwörth", dann in Fuessli's Allgem. Künstlerlexikon (1810) l. c., welcher schreibt: „geb. in Grafenwörth" und am Schlusse desselben Artikels „gestorben in seinem Geburtsort Krems (!), wo er auch meist sein Leben zubrachte". Bei Nagel und andern, die ihm nachgeschrieben haben, heisst unser Meister Martin Joachim, statt Martin Johann. Auch wird er oft mit jenem Maler Johann Martin Schmidt verwechselt, der ursprünglich ein Schuster war und später viele Landschaften, jedoch ganz unbedeutende malte, und von dem Wurzbach l. c. trefflich sagt: „Er malte wie man Schuhe und Stiefel wichst, ein Dutzend per Stunde." De Luca nennt diesen Landschafter Franz Michael (Nagler hingegen l. c. p. 207 lässt selben in Grafenstein bei Krems geboren sein und hält ihn zum Schluss mit Johann Martin Schmidt kaum für eine Person!) und giebt ihn für einen Bruder unseres Martin Johann Schmidt aus. Hirsching in seinen Nachrichten von Kunstsammlungen V. 356 sagt, dass in der Stadtpfarrkirche in Krems zwei Bilder von jenem Franz Michael wären: Die Enthauptung Johannes und die armen Seelen (diese Bilder befinden sich aber in der Stadtpfarrkirche in Stein und sind Werke des „Kremser Schmidt") und auf dem Frauenberge in eben dieser Stadt drei andere, welche Maria Himmelfahrt, den heil. Josef und den heil. Aloisius zum Gegenstande haben. Nach den authentischen Belegen in der nächstfolgenden Anm. hatte aber Martin Johann Schmidt nur einen Bruder, Johann Andreas geheissen, den Fuessli wieder aus Linz abstammen lässt und im Verlaufe seines Artikels mit dem Kremser Schmidt verwechselt.

[1]) Kinder des Johann Schmidt und der Katharina waren: Johann Andreas, geb. 23. November 1715. Johann Martin, geb. 25. September 1718. Marie Elisabet, geb. 7. November 1720. Maria Anna, geb. 15. Jänner 1723 († 24. Jänner 1724). Anna Maria, geb. 23. November 1724 († 1. Februar 1726).

so recht die frische, fröhliche Jugend eines Dorfkindes, das in Gottes freier Natur aufwächst, auf dem Felde und im Garten, im Hofe und in der Scheune, in der Hausflur wie in der väterlichen Werkstätte den Tummelplatz seiner Spiele und Launen findet, aber früh schon den Segen einiger Bildung empfängt. Wir werden kaum irren, wenn wir annemen, dass der kleine Martin nach Art fähiger Kinder dabei auch lebhaft und aufgeweckt gewesen.

Als er nun so weit herangewachsen war, wo es heisst, Fibel und Schiefertafel zur Hand zu nemen, besuchte er die Schule seines Geburtsortes. Der Unterricht war bei den damaligen Schulverhältnissen einfach und dürftig, und wenn auch die Schule zu Grafenwörth besser als die umliegenden Dorfschulen war, auch der Lehrer König l mehr leistete, als andere Lehrer, so wäre doch Martin's Unterricht ein zu mangelhafter gewesen, hätte nicht der Vater, welcher überhaupt durch eine weise und kräftige Erziehung seine Kinder leitete, für die Bildung noch ein Uebriges gethan und mit ihm in der Dämmerstunde nach der Arbeit Mühen Versäumtes nachgeholt, Lücken ergänzt.

Als Martin die Schule verlassen hatte, waren auch die letzten Spuren einer glücklich verlebten Kindheit mit ihren fröhlichen Spielen entschwunden; der Ernst des Lebens trat zum ersten Mal an ihn heran, als er sich entscheiden sollte, wozu er Lust und Neigung habe, als seine Lehrzeit begann. Der Vater selbst nam ihn jetzt zu sich in Unterricht, lehrte ihn Zeichnen und Mathematik, nebenbei auch die ersten Handgriffe in der Bildnerei. In Martin's Brust flammte schon Liebe zur Kunst, freudig und wissbegierig folgte er den Weisungen des Vaters, doch der Bildhauerei wollte er sich nicht zuwenden, denn der Sinn für die Farbe war in ihm stärker, als der plastische.

Der Vater übergab ihn daher dem Gottlieb Starmayr, einem Schüler Strudels,[1] damit er im Zeichnen tüchtig ausgebildet würde. Fünf Jahre besuchte er, wie Fuessli und Nagel sagen, das Haus dieses Mannes, über dessen Leben und Künstler-Thätigkeit wir nicht viel erfahren konnten, lernte und übte sich dort fleissig und zeigte schon damals viel Talent für Komposition. Aber die Beziehungen von Meister

---

[1] Peter Freih. v. Strudel war um 1660 (nach der Oesterr. Nat. Encykl. V. 225 am 28. Mai 1648) zu Cles auf dem Nonnsberg in Tirol geboren und als kais. Hofmaler und Direktor der kais. Akademie 1717 gestorben. Von ihm sind unter andern Bildern in Wien: Die 2 Seitenaltarbilder der Hofkammerkapelle, das Hochaltarbild (St. Sebastian und Rochus) in der Kirche auf der Landstrasse, das Hochaltarbild (St. Laurenz) in der Schottenfelderkirche. Fr. Tschischka l. c. pag. 3, 18, 21. Fuessli, l. c. I. 634. Nagler l. c.

und Schüler scheinen nach einem urkundlichen Belege von längerer Dauer gewesen zu sein; wahrscheinlich war Starmayr der erste Lehrer Schmidt's auch in der Technik der Malerei.

Leider sind die folgenden Jahre — und gerade diese wären als die Lehrjahre zur Beurteilung Schmidt's von grösster Wichtigkeit — uns so gut wie gar nicht erschlossen, und wir sind auch bis jetzt nicht im Stande, dieses Dunkel zu erhellen. Wie gerne möchten wir erfahren, wie er seine Anlagen ausbildete? wer ihm die Mittel dazu verschaffte? wer noch ausser Starmayr seine Lehrer und welcher Art seine ersten Versuche waren? ob er etwa zu hervorragenden Künstlern in Wien in einer Beziehung stand u. dgl. m. Da bleibt denn nichts anderes übrig, als uns der schwankenden Brücke der Vermutungen anzuvertrauen, um wenigstens so zu einiger Wahrscheinlichkeit zu kommen. Seine genaue Bekanntschaft mit der Bibel und der Heiligenlegende, auch die Kenntnis der alten Geschichte und die Anwendung lateinischer Inschriften mit einem Chronographicon bei seinen Fresken lassen schliessen, dass er in dieser Zeit einen tieferen Unterricht genoss; sein meistes Wissen stammte aber aus eifrigem Selbststudium. So weit die Matrikel der Malerschule der k. Akademie der bildenden Künste, die seit ihrem Wiedererstehen 1726 vom Maler Jakob van Schüppen[1]) geleitet wurde, vorliegen, ist sein Name darin nicht enthalten, was immerhin noch nicht ausschliesst, dass er durch einige Zeit ihr Schüler gewesen: aber es bleibt sehr fraglich. Auch dafür haben wir keine Beweise, dass er nach Italien gegangen sei, um die grossen Meister des XV. und XVI. Jahrhunderts an den Stätten ihres Lebens und ihrer unsterblichen Werke selbst zu studieren, obgleich ihn die Sage mit Altomonte nach Italien ziehen lässt. Dazu haben ihm vielleicht die Mittel gefehlt, und so blieb ihm unerfüllt das Wort des Dichters:

„Gelobt sei Gott, die Stunde ist da,
Den Wanderstab in die Hand!
Zu Dir hin geht's Italia.
Du hochgelobtes Land!"

Was wäre aber aus ihm und einem Rafael Donner geworden, wenn es ihnen gleich Winkelmann gegönnt gewesen wäre, Italien zu

---

[1]) Jakob van Schüppen war 1669 zu Antwerpen geb. und 1751 als k. k. Kammermaler und Direktor der kais. Akademie gestorben. Das Hochaltarbild bei den Salesianerinen, ein Seitenaltarbild (der h. Lucas, wie er Maria malt) in der Karlskirche in Wien und zwei Seitenaltarbilder (h. Bartholomäus und Judas Thaddäus) in Hernals sind Werke seiner Hand. Fr. Tschischka l. c. p. 18, 19, 62. Fuessli l. c. II. 1564. Nagler l. c. Oest. Nat. Encykl. IV. 607.

schauen! Die Werke klassischer Kunst sprechen dort, wo der ernste Giotto, der innige Fiesole, der gewaltige Michel Angelo, der philosophische Rafael und alle die Meister des Colorits gewandelt sind, sprechen unter dem lachenden Himmel Italiens, unter der stimmungsvollen Umgebung doch ganz anders zu den Jüngern der Kunst. Höher schwellt sich ihnen dort die Brust, höher fliegt gleich dem Adler zur Sonne der Geist, und „Sinn und Gefühl entwickelt sich", wie Göthe auch dem jungen Cornelius sagt, „immer glücklicher, um im Grossen und Schönen das Bedeutende und Natürliche mit Bequemlichkeit aufzulösen und darzustellen." —

Schmidt hat also voll guten Glaubens auf seine eigene Kraft und sein Talent und vielleicht durch die Teilname von Kunstfreunden und Meistern angeeifert seine eigenen Wege der Ausbildung eingeschlagen und die Meister italienischer Malerei hauptsächlich nur nach Stichen und in den Galerien Wiens studiert. Wie er zu den damals in Wien und Niederösterreich lebenden Künstlern van Schüppen, Belucci, Fanti, Altomonte, Paul Troger, Daniel Gran u. a. in persönlichen Beziehungen gestanden, ob er ihren Unterricht genossen und sie, als er in seiner Kunst weiter vorgeschritten war, auch etwa bei ihren Werken unterstützte, wer kann es heute sagen? Wenn aber die österreichische National-Encyklopädie behauptet: „Ohne je eine Akademie besucht, Reisen unternommen oder auch nur grosse Muster vor Augen gehabt zu haben, bildete er sich ganz aus sich selbst", so gehen diese Worte doch wieder viel zu weit und sind nur „cum grano salis" zu nemen.

Abgesehen nun davon, dass ihn die Tradition einen Schüler Altomonte's nennt, ihn später noch einmal mit demselben im Kloster Langegg zusammenkommen lässt, so ist kaum zu denken, dass er ohne Vorbilder und Anleitung sich dermassen entwickelt hätte, und es gewinnt der Verkehr mit dem einen oder dem andern der früher genannten Meister an Wahrscheinlichkeit. Auch hat die italienische, holländischflämische und französische Malweise, wie sie durch die damals lebenden Künstler dieser Richtung in Wien ausgeübt wurde oder in Gemälden vertreten war, auf ihn zu lebhaft eingewirkt, wie denn ebenso die Mängel und Fehler dieses Styls in seinen Werken sich widerspiegeln. Ueberdies dürfen wir nicht übersehen, dass Schmidt in den Stiften, in denen er später beschäftigt war, manche Gelegenheit hatte, ihre Sammlungen mit den Radierungen der besten Meister und ihre oft guten Altarbilder zu studieren. Besonders die reiche Kupferstichsammlung des Stiftes Göttweig konnte ihm, seit er sich in Stein aufhielt, bei seinen Studien eine wahre Fundgrube werden.[1]) Und dass er alte Meister, wie Rubens, Rembrandt, Castiglione u. a in der Komposition und Technik der Radierung genau kannte, wird sich uns noch aus der Darstellung seiner Werke ergeben.

Bereits im Jahre 1741 finden wir Schmidt, der schon mit 19 Jahren grosse Fortschritte gemacht hatte, in Retz mit einem Maler Gottlieb zusammen, der vielleicht kein anderer war, als sein oben erwähnter Lehrer, Gottlieb Starmayr; hier waren sie beide an der malerischen Ausschmückung des Rathssaales thätig. Von Schmidt sind die Brustbilder der römischen Kaiser, wie er auch die in diesem Saale befindlichen Bilder K. Ferdinands II. und seiner Gemahlin renovierte.[2]) Vier Jahre darnach ist er in Stein, wo er sich seitdem die meiste Zeit, ausser wenn er anderwärts Arbeit hatte, aufhielt und Altar- und Staffelei-bilder für die Kirchen der nächsten Umgebung malte; wol besass er hier in den ersten Jahren noch nicht so volle Geltung, wenigstens malten neben ihm auch Johann Georg Schmidt[3]) und Daniel Gran (von ersterem stammt die Plafondmalerei des Dechanteihofes [1747], von letzterem sind die Fresken des Kapuzinerklosters [1756]). — Es wird erzählt, dass er damals in einem kleinen Hause an der Berglehne

---

[1]) Der nicht nur in der Wissenschaft ausgezeichnete, sondern auch kunstsinnige Abt Bessel hatte eine Kupferstichsammlung angelegt, für welche er vortreffliche Stücke, namentlich der deutschen, weniger kostbare dagegen der niederländischen und italienischen Schule erwarb. Diese Sammlung wurde von den Aebten Magnus Klein und Altmann Arigler noch erweitert. Es ist nicht unwahrscheinlich, dass Schmidt diese Sammlung genau kannte und studierte. Leider raubte bei dem Einfall der Franzosen der Wirtembergische Hauptmann Freiher v. Gaisberg 199 der besten Nummern (darunter 14 Kupferstiche und 18 Holzschnitte Dürer's, 4 Cranach, 11 Schongauer, 5 Lucas von Leyden, alle 34 Waterloo, 25 Rembrandt, 3 Cattara, 3 Castiglione. 7 Kupferstiche nach Rafael, 12 nach Rubens u. s. w.)

[2]) J. K. Puntschert, Denkwürdigkeiten der Stadt Retz. 1870 p. 77 Rathsprotokoll Nr. 33 Fol. 157 (Rathssitzung v. 12. September 1740): „Mit dem Maler Gottlieb ist wegen Malung der Rathsstube ohne weiteres der Stadt Endgeld vor alles 20 species Dukaten accordirt worden"; und in den Kammeramtsrechnungen v. 1740 heisst es: „Herr Martin Schmidt und seinem Herrn Kameraden wegen Malung des Rathsstuben-Gewölbes accordirten Massen zu Folge Quittung Nr. 10 bezahlt 82 fl. 4 kr." Die beiden Künstler arbeiteten also gemeinschaftlich im Winter von 1740—41. Die Quittung über die Kaiserbilder ist von Schmidt am 18. Februar 1741 ausgestellt.

[3]) Es kommt vor, dass Werke dieses Meisters dem Martin Johann Schmidt zugeschrieben werden, wie z. B. einige Bilder im Stifte Altenburg u. a.. aber auch umgekehrt. Es ist dies eine der nicht wenigen Schwierigkeiten, wenn es sich darum handelt, die Werke unseres Meisters zu bestimmen.

neben dem Brücken- oder Wassertor wohnte,[1] nicht weit entfernt von seinem Vater, der nach dem Tode der Mutter Martins von Grafenwörth weggezogen war und sich im Ferthof bei Stein niedergelassen hatte, wo er am 9. Juni 1714 mit Anna Maria Tax aus Graz zum zweiten Male sich verehelicht hatte.[2]

Allmälig erhielt S c h m i d t grössere Bestellungen. In einer Kirchenrechnung des Jahres 1745 über den Bau des Johannes-Altares in Krems erscheint er mit dem Empfange von 11 Dukaten, welche ihm für die Herstellung der drei inneren Felder in der Kapelle und der Basreliefs oberhalb derselben bezahlt wurden.[3] 1753 malte er sein ältestes Bild in Stein, nämlich die Fresken über dem Brücken- oder Wassertor, und 1755 entstand eines der schönen Altarbilder in Maria Taferl, wofür er 1000 fl. bekam, ausserdem malte er auch für Private; so soll ihn eine gewisse Frau K o l l n d o r f e r über Jahr und Tag in ihrem eigenen Hause beschäftigt haben. Das brachte ihm Geld zu, zumal er als ein praktischer Mann, wie einst T i z i a n den Holzhandel,[4] nebenbei den Handel mit Kehlheimer-Platten eifrig betrieb. Er konnte sich also schon 1756 jenes oberwähnte Haus Nr. 172 (heute 192), das damals noch freier stand und eine hübsche Aussicht auf die Donau hin hatte, kaufen[5] und später vergrössern. Er ist laut Gewerbuch allein an die Gewer geschrieben,[6] scheint mithin noch nicht verheirathet gewesen zu sein.

---

[1] An heiteren Tagen hatte Schmidt seine Staffelei, wenn er kleinere Bilder malte, an dieser Berglehne aufgerichtet, während er grössere Altarbilder in dem Schoppen eines vis-à-vis gelegenen Weinbauerhauses malte, an dessen Stelle heute das gräflich Aichelburg'sche Haus steht.

[2] Kremser Trauungsbuch v. 1744. „Johann Schmidt, kopuliert am 9. Juni 1744 in Ferthof bei Stein."

[3] Jos. K i n z l, Chronik der Städte Krems, Stein und deren nächster Umgebung p. 298.

[4] Repertorium für Kunstwissenschaft, II. Bd., 2. Heft, p. 223.

[5] Siehe die beigeschlossene Radierung von Emil H ü t t e r bei S. 13.

[6] Gewerbuch Nr. 1 von Stein. Fol. 76 und Fol. 8. Im Grundbuche der l. f. Stadt Stein v. Jahre 1716 angefangen erscheinen folgende Besitzer dieses Hauses: „Philipp Schober, Regina uxor. dann Regina Schoberin (allein): dann Mart. Johann Schmidt (allein)." Im Gewerbuch heisst es: „Martin Schmidt bürgl. Maler dahier empfangt allein ruehige Nuz und gewöhr, um eine behausung zwischen dem oberen Stadt Thor, und des Leopold Hierlmayr Behausung auf der Bergseiten gelegen, wovon mann Jahrl: an Tag S. Martini zu Gnr. Stadt Stein Grundbuch 5 d. dient, und nicht mehr, worumber vorhin die Regina Schoberin allein Nuz und Gewöhr gestanden, nun aber sothanne behausung durch Kauf an Ihre eingangs gedachten Gewöhrmänner gedint ist. Mag demnach darmit handlen wie Grundbuchs Recht und Gewohnheit ist. Actum Stadt Stein den 11 9ber 1756, zahlt Gewöhr Geld 1 fl. 30 kr."

Dauernd hat er sich hier aber erst zwischen 1758 und 1759 niedergelassen.

Um diese Zeit hat er sich mit Elisabet M ü l l e r verheirathet, von der viele sagen, dass sie eine Schullehrerstochter aus Grafenwörth gewesen sei, was aber nicht ohne Grund zu bezweifeln ist. Denn einmal gab es in Grafenwörth keinen Schullehrer dieses Namens — auf den oben erwähnten K ö n i g l folgte Christof G r a b m a y r — und dann unterzeichnete sie bei einem gerichtlichen Akte [1]) mit einem Kreuze, und ein erbetener Namensfertiger setzte ihre Unterschrift bei, was selbst in jener Zeit von einer Schullehrerstochter doch nicht recht glaubwürdig erscheint. Wo S c h m i d t geheirathet hat und wo ihm sein erstes Kind Thekla geboren wurde, konnte bis jetzt nicht festgestellt werden. In den Trauungs- und Taufbüchern von Grafenwörth, Krems und Stein findet sich keine Spur davon. Manche Unklarheit würde sich beseitigen, manche Lücke ergänzen lassen, wenn es gelänge, den Trauungsschein aufzufinden.

Mittlerweile war sein Vater vom Ferthof nach Mautern gezogen, wo er am 28. Juni 1761 im 73. Lebensjahre starb. Er ruht auf dem Friedhofe daselbst, und eine von seinem Sohne angefertigte Gedenktafel neben der Kirchentüre giebt heute noch in schlichten Worten die Kunde von seiner Grabstätte.[2]) Seine Witwe Anna Maria überlebte ihn gegen 10 Jahre († 4. Februar 1771). Im demselben Jahre 1761 wurde Martin S c h m i d t wegen seiner Verdienste um die Stadt Stein Mitglied des äusseren Rathes.[3])

Er stand jetzt im schönsten Mannesalter und in den Meisterjahren seiner Kunst. Mit der Zahl seiner Werke stieg auch die Bedeutung seines Namens, und die grossen Altarbilder in Schwechat, Stein und Maria Taferl, die damals aus seinem Atelier hervorgiengen, fanden gleich jenen in Steiermark, Oberösterreich, Krain, Salzburg und anderwärts die vollste Anerkennung.

---

[1]) Verlassenschaftsakten aus dem Jahre 1801.

[2]) „Hier liegt in einem süssen Fried | ein Mann. der Stein und Holz das Leben | Durch seine Künstler-Hand gegeben. | Hier liegt im Grab Herr Johann Schmid | seine Kunst lebt noch, der Meister nicht | Doch seine todte Asche spricht | Zu dir, o Mensch: Wo ich jetzt bin | Wirst du auch hingehen. denk wohin? | welcher anno 1761 den 28. Juni im 72. Jahre und 6. Monat Verschieden. Gott gebe ihm und allen christgläubigen Seelen die ewige Ruhe und Seligkeit Amen."

[3]) Im Taufbuche von Stein, ddto. 4. Februar 1760 (p. 144). erscheint er noch einfach als „bürgerlicher Maler", im Jahre 1761 (p. 153) aber als „Mitglied des äusseren Rathes der Stadt Stein".

Sein Streben war nun dahin gerichtet, wirkl. Mitglied der kais. Akademie der bildenden Künste zu werden, wie solche seit 1755 ernannt wurden. Der Vorschrift gemäss schickte er 1767 seine Aufnamsstücke ein, die von dem akademischen Rathe geprüft und als vorzüglich anerkannt wurden. Am 6. April 1768 erhielt er auch gebührenfrei das akademische Diplom mit dem Rechte „von aller Gewerbesteuer und Innungsverbindlichkeit frei mit so viel Gehilfen, als er nötig habe, zu arbeiten und sich mit dieser Freiheit in allen kais. Erblanden niederzulassen, wo es ihm beliebe."

Die Aufnamsstücke waren zwei Oelgemälde, die heute noch in der Galerie der kaiserlichen Akademie der bildenden Künste sich befinden.[1]) Sie sind in einem alten Verzeichnisse benannt: Ovidische Fabeln. Das eine stellt den Schiedsspruch des Königs Midas zwischen Apoll und Marsias dar. „Das mit einer affektierten Kennermiene stolze Entscheiden des Königs", so heisst es daselbst, „dann des Marsias innigstes Selbstvergnügen, so nur aus der möglichsten Unwissenheit entspringen kann, und der verächtliche und 'abwürdigende Blick des Musengottes machen den angenemsten Kontrast. Die Gruppe ist wol überdacht, die Inkarnation lebhaft und die Färbung überhaupt in sanfter Harmonie. Das andere Bild stellt Vulcan's Schmiede dar. Im Hauptlichte zeiget sich Venus mit Amor, im Halbschatten der Waffenschmied und in der Tiefe sind die Cyklopen. Fast vom gleichen Verdienste mit dem vorigen".[2]) — Aber noch eine Auszeichnung ist Schmidt im Jahre 1768 zu Teil geworden, wenn es sich bewahrheitet, dass er das Bildnis der Kaiserin Maria Theresia malte, welches der hohen Frau so sehr gefiel, dass er dafür die grosse goldene Medaille sammt Kette erhielt, mit dem Rechte, sie auch zu tragen. Sein Schüler Anton Mayer besass einen Brief von ihm, worin ein Freund dem Meister zu dieser Auszeichnung Glück wünscht. Doch machte er, wie erzählt wird, in seiner Bescheidenheit wenig Aufhebens davon und trug diese Medaille nicht, sondern hielt sie sorgfältig in einer Schachtel verschlossen und zeigte sie nur seinen besten Freunden auf deren ausdrückliches Verlangen. Das Bild kam, wenn sich die bisherigen Nachforschungen bestätigen, nach Schlosshof und von da nach Schloss Mattighofen in Oberösterreich, wo es sich heute noch befindet.

Damit hatte Schmidt die höchste Ruhmesstufe erreicht. Aber

---

[1]) A. Weinkopf, Beschreibung der k. k. Akademie der bildenden Künste, Wien 1783 p. 40. In der öst. National-Encyklopädie und in anderen Werken ist als das Jahr der Aufname irrig 1763 angegeben.

[2]) A. Weinkopf l. c. p. 69.

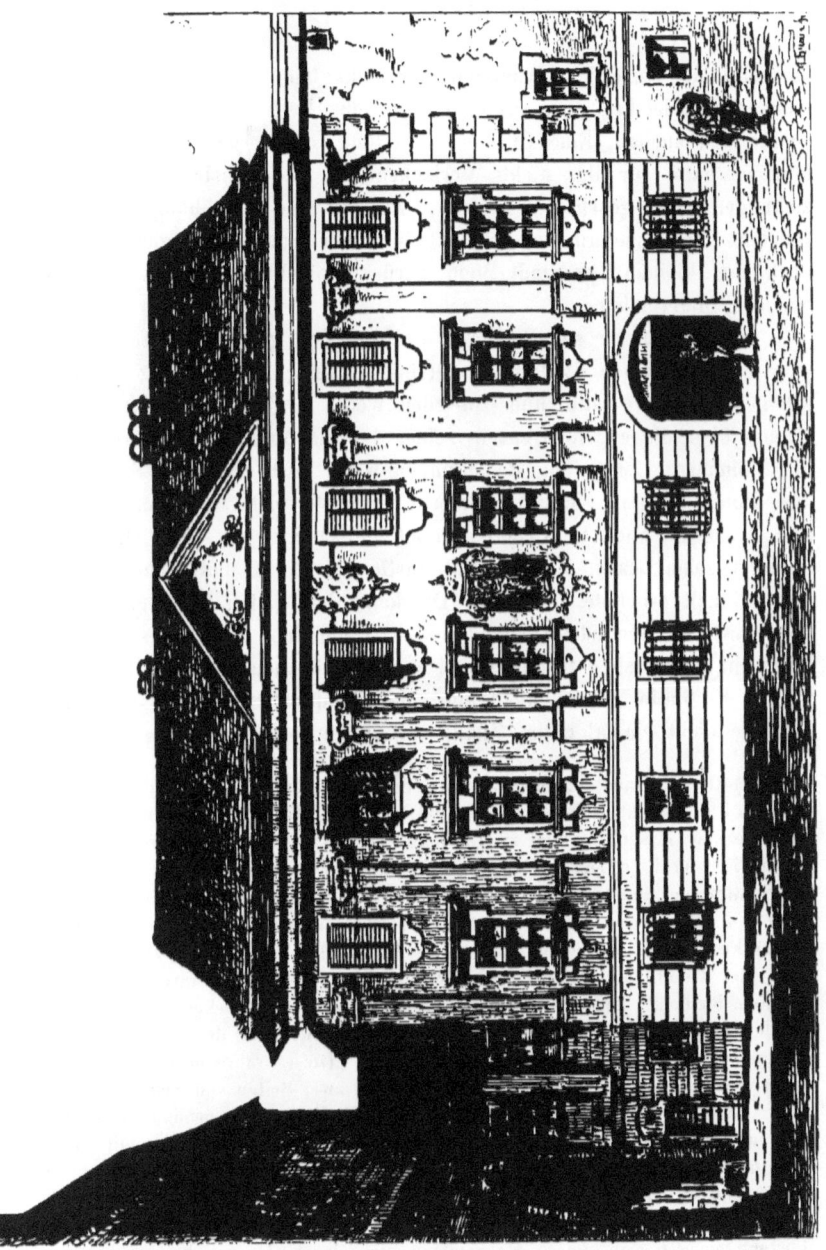

Wohnhaus des Malers Martin Johann Schmidt in Stein.

er wollte die kaiserliche Auszeichnung nicht benützen, um dadurch die Gunst der Adelskreise zu erlangen, hier das Feld seiner ferneren Wirksamkeit zu suchen. Eine vornemere Stellung, die er jetzt hätte erreichen können, hatte für ihn nichts Verlockendes; anspruchslos in allen Beziehungen des geselligen Lebens, zog er die Unabhängkeit seiner Existenz jeder andern äusserlich glänzenden Lage vor, gieng wieder nach der kleinen Landstadt Stein zurück und blieb, was er war, der einfache Malermeister.

Auch war er seiner Natur nach weder geneigt noch geeignet, sich eine glänzende Stellung zu erringen, seine Anerkennung noch zu erhöhen, sondern still und zufrieden weilte er lieber zu Hause „und strebte über die engen Grenzen seines Lebens und seiner Wirksamkeit nicht hinaus". Zahlreiche Bestellungen liefen jetzt von allen Seiten ein, aus Polen, Ungarn, Mähren, Baiern, Oberösterreich, Steiermark, Krain und Salzburg; auch in Niederösterreich entstanden jetzt viele Altarbilder, darunter seine besten Werke. Mit rastlosem Fleiss und staunenswerter Schnelligkeit arbeitete er daran. Da kam denn auch des Herrn Segen über ihn, sein Wohlstand wuchs und er konnte ein glückliches Familienleben im behaglichen Genusse und in guten ökonomischen Verhältnissen leben. Er hatte zuletzt nicht nur ein schuldenfreies Haus,[1]) sondern hatte es nicht einmal nötig, Zimmer darin zu vergeben: er geizte nicht

---

[1]) Dieses Haus ist in der sehr engen Hauptstrasse der Stadt Stein das letzte auf der rechten Seite und schliesst an den westlichen Stadtturm an, hat sechs Fenster Gassenfront und zwei Stockwerke; an den Fenstern waren bauchige, eiserne Fenstergitter angebracht — sie befinden sich heute noch auf dem Boden des Stadtturmes und tragen die Jahreszahl 1771 und die Initialen von Schmidt's Namen: J. M. S. — Ober den mittleren zwei Fenstern des zweiten Stockwerks ist ein Frontespitz, in dessen Schilde die Worte des 90. Psalmes stehen: „Wer unter der Huelff des Allerhöchsten wohnet, der wird im schirm Gottes des Himmels bleiben," und am mittleren Pfeiler des ersten Stockes eine Madonna, mit dem Kinde auf der Weltkugel stehend und der Schlange den Kopf zertretend, al fresco gemalt; unter ihr stehen die Worte: „Diese wahre unsere Hoffnung." Ueber dem Gange des ersten Stockes sind an zwei Seiten von Schmidt's Hand zwei Allegorien: Morgen und Abend (nach Prof. Kurz: Diana und Aphrodite) auch al fresco gemalt, reizende Kompositionen. Das Haus steht mit seiner Hauptfaçade gegen Süden und lehnt mit der Nordseite an die Felswand des Berges, auf welchem die Ruine des ehemaligen Schlosses steht. Im zweiten Stocke ist auf der Nordseite ein Gemach mit grossen Fenstern, welches das Atelier des Meisters gewesen sein muss. Es zeichnet sich durch Geräumigkeit und grosse Höhe aus; heute wohnt daselbst ein Schuster in Miete. Vom zweiten Stocke führt eine Tür hinaus in den kleinen Garten am Berge, in welchen auch die Aussicht vom Atelier aus war und der sich terrassenförmig bergaufwärts bis zur Schlossruine zieht. An der dem Atelierfenster gegenüber, also südlich liegenden

und lebte seinem Stande gemäss, daher er das ganze, gemütlich eingerichtete Haus mit seiner Familie allein bewohnte; Flur, Stiege und
Zimmer zeigen heute noch die kleinen Dimensionen, Alles ist winkelig
und unregelmässig.

Seine Ehe ward mit sieben Kindern, drei Mädchen und vier
Knaben, gesegnet.[1]) Aber wie keinem der Sterblichen ein ungetrübtes
Glück beschert ist, so traf auch ihn und seine Familie manch' herbes
Geschick, gieng auch an ihm der Leidenskelch nicht vorüber. Der Tod
seiner Mutter und seines Vaters brachte die erste Trauer in's Haus, und
nicht lange darauf starben ihm drei seiner Kinder im zarten Alter binnen
wenigen Monaten. Ueberschwemmungsgefahren und andere Schicksalsschläge bedrängten sein Hauswesen, und auch die Kriegszeiten brachten
manche Sorgen mit sich; aber sein starker Wille, Gottvertrauen und
fleissiges Schaffen halfen ihm bald wieder auf. — Zu diesen Gaben
ward ihm noch eine andere kostbare verliehen, nämlich die ungeschwächte Kraft des Geistes und seiner Hand bis in's hohe Greisenalter. Noch in späten Jahren, wo andere Menschen kaum mühselig die
Last ihrer Jahre tragen können, bestieg er hohe Gerüste. Als 70jähriger
Greis malte er im Jahre 1787 die schönen Fresken in der Pfarrkirche
zu Krems und mit 80 Jahren eines der grössten Altarbilder in derselben
Kirche, nämlich St. Johannes Enthauptung. In Mühlbach befindet sich
ein kleines Bild „Christus am Kreuz" mit dem Monogramm auf der
Rückseite: „Martin Schmidt fecit aetatis suae 81", und mit 82 Jahren
malte er die Seitenaltarbilder in der Kirche zu Hafnerbach. Sein letztes
Werk war das Hochaltarbild in Gresten, eine Kreuzabname; leider hat
das Colorit dieses Bildes schon so stark gelitten, dass einzelne Teile
desselben undeutlich wurden. Eine schwere, aber nur kurze Krankheit,
von der er in der letzten Zeit häufigeren Anfällen ausgesetzt war, nämlich
die Urolithiasis (Sand und Stein), brachte ihm auch den Tod am
28. Juni 1801, am Sterbetage seines Vaters.

Gartenmauer befand sich eine Sonnenuhr mit Schmidt'schen Malereien, welche
leider gänzlich zerstört wurden.

[1]) Diese Kinder waren: Thecla, die nicht in Stein geboren (wo? unbekannt) war und nur im Sterbebuch daselbst als Kind des bürgerl. Malers Martin
Schmidt vorkommt; bei ihrem Tode am 26. Februar 1765 war sie 6¹⁄₂ Jahr
alt. — Vincentius Fererius Thomas, geboren den 4. Februar 1760,
† 29. Mai 1764. — Maria Anna Katharina, geboren den 25. November
1761, † 3. März 1764. — Franz de Paula Thomas, geboren 26. Oktober,
† 5. Februar 1764. — Jos. Joh. Nep., geb. d. 20. Dezember 1765. — Victoria Elisabet, geb. d. 23. Dezember 1778. — Johann Martin, geb. d.
22. August 1769.

Tiefes Leid hatte Alle ergriffen, die ihn kannten oder ihm näher standen. Um ihn trauerte nicht nur seine Familie, die betagte Witwe mit zwei Söhnen[1]) und einer Tochter,[2]) ihn beklagten auch seine Schüler; nicht minder war für seine Freunde der Verlust ein herber, ein unersetzlicher. Das Leichenbegängnis wurde am 30. Juni in feierlicher Weise abgehalten, und einer seiner Freunde, der kunstsinnige Pfarrer Warhanek von Stein, sprach an seinem Sarge die Segensworte, während welcher kein Auge trocken blieb. – Die Beisetzung fand am Steiner Friedhofe statt: aber seine Grabstätte schmückt heute noch kein seiner Bedeutung würdiger Grabstein! An der gegen Norden liegenden Mauer war nämlich nahe an der linken Ecke ein Porträt Schmidt's in Fresco von Anton Mayer gemalt, nebst einer kurzen Grabschrift. Gegen Ende des Jahres 1849 war dieses Grabmal schon schadhaft, und mehrere Kunstfreunde errichteten nun an derselben Stelle ein gusseisernes Kreuz auf einem Granitsockel, woran eine einfache Marmortafel mit dem Namen des Künstlers angebracht wurde. Bei der Vergrösserung des Friedhofes 1854 hatte man auch dieses Denkmal, als der Regulierung hinderlich, entfernt und jene Tafel in die Mauer eingesetzt, wo sie sich jetzt noch befindet; sie enthält aber weiter nichts als die wenigen Worte: „Martin Joh. Schmidt 1801, gewidmet von Kunstfreunden 1850."

Da Schmidt kein Testament hinterlassen hatte, so wurde ein Inventar aufgenommen und die gerichtliche Sperre und Schätzung angeordnet, die uns einen Einblick in seinen wohlhabenden Hausstand gewährt. Die Verlassenschaft betrug nach Abzug aller Kosten und einer unbedeutenden Schuld 8227 fl., wobei das Haus, dessen eine Hälfte der Witwe zufiel, auf 1200 fl. geschätzt war.

Die im Nachlass befindlichen Bilder, 270 Stück und meist von seiner Hand gemalt, giengen teils in den Besitz seines Schülers Anton Mayer über, teils blieben sie bei der Familie oder wurden verkauft,[3]) viele nach Warschau an polnische Kavaliere. Ausserdem besass Schmidt eine kleine Bibliothek von 80 Büchern.

Sein Haus wurde schon 1802 verkauft, die Witwe aber begab sich, wie es scheint, zu einem ihrer Kinder.

---

[1]) Johann Schmidt, Ingenieur im Departement der k. k. Familien-Güter-Direktion und Josef Schmidt, Aktuar bei der k. k. Polizei-Direktion in Wien.

[2]) Elisabet Schmidt, verheiratet an Pickelmann, Apotheker in Wels.

[3]) Die Pfarre Etzen (O. M. B.) zwischen Zwetl und Gerungs hat z. B im Jahre 1802 das Hochaltarbild (h. Laurentius) von M. J. Schmidt angeschafft.

Schmidt war hoch gewachsen und besass einen kräftigen und
gesunden Körper, in welchem eine edle Seele und ein starker Geist
wohnten. Er war durch und durch eine kernige Natur. Die scharf
ausgeprägten Gesichtszüge und die Stirne bewiesen Ernst und Geist;
doch wurde er bald freundlich und heiter beim traulichen Gespräch in
der Familie, oder im Freundeskreise bei einem Glase Wein; Milde
und Wohlwollen blickten dann aus seinen hellblauen Augen. Wir besitzen
noch Porträts von ihm.[1]) und Radierungen nach denselben. Schmidt's

---

[1]) Ein eigenhändig gemaltes Porträt M. J. Schmidt's befand sich im
Schlosse Leopoldskron in der Sammlung der 287 Porträts berühmter Maler, von
denen die meisten von den Künstlern selbst, die sie vorstellten, verfertigt waren;
auch ein Selbstporträt Rafaels (Copie) soll sich darunter befunden haben. Diese
im obersten Stockwerke des Schlosses befindliche Künstlerporträt-Sammlung
bildete einen Teil der vom Erzbischof Grafen Lactanz Firmian angelegten wert-
vollen Gemäldegalerie. (Kirchl. Topogr. X. 423. Fuessli l. c. II. p. 1516.)
Jene Porträtsammlung kam in die Hände eines ungarischen Gutsbesitzers, der sie
auf eine Plätte laden und auf der Salzach, dem Inn und der Donau dem neuen
Bestimmungsorte zuführen liess. (Nach einem Berichte des Malers Georg Pezolt,
Korrespondenten der Gesellschaft der Salzburger Landeskunde, Conservators
zur Erforschung und Erhaltung der Kunst- und Baudenkmale Salzburgs). Ein in
Oel gemaltes Selbstporträt ist im ersten Stockwerke des astronomischen Turmes
im Stifte Kremsmünster. Auch auf einem Altarbilde hat sich Schmidt nach alter
Sitte abconterfeit. Auf dem zweiten Seitenaltarbilde rechts in der Pfarrkirche zu
Michelstetten in Krain ist nämlich das Wunder des heil. Vincenz dargestellt.
Unter den Zuschauern rechts und etwas im Hintergrunde ist der hinterste, der
noch mit dem Kopfe in die Scene hinein ragt, der Maler selbst. „Es ist ein
bedeutend grosser Kopf, oval, weich und doch voll männlicher Kraft, eine schön
harmonische Seele offenbart sich in den Zügen und der Blick zeigt Geist."
(Blätter aus Krain l. c. p. 160, 192.) Noch eines ähnlichen Selbstporträts können
wir hier erwähnen. Auf einem Votivbilde in der Wallfahrtskirche Maria Plain,
das ohne Zweifel eines der 15 Feldsäulenbilder war, die am rechten Salzachufer
vom Dorfe Itzling aus bis Maria Plain standen und in sehr schönen Kompositionen die 15 Geheimnisse des Rosenkranzes von M. J. Schmidt enthielten
und 1837 noch gesehen wurden, 1842 aber sich nicht mehr dort befanden, war in
der linken Seite ein in ein blaues Bruderschaftsgewand mit dem Congregationsstab
versehener Mann, zu dessen Füssen die Malerpalette lag. Es war dies gewiss
unser Meister Schmidt. Ein Porträt desselben, Oelbild, besitzt auch Herr J. Mandl,
Stadtsekretär in Tuln, bei welchem ausserdem die Porträts von Schmidt's Frau,
von seinem Vater und seiner Schwester sich befinden. Ein Porträt Schmidt's,
Oelbild, von seinem Schüler Anton Mayer, sah ich bei Herrn Martin Schmidt in
Krems, der mit dankenswerter Vorliebe für diesen Meister manche Skizze desselben und Kopien nach Schmidt'schen Bildern von Mayer sammelte und so
vielleicht vor dem Untergange bewahrt hat Es soll nach der Aeusserung eines
Greises, der Mayer noch persönlich kannte, sehr gelungen sein. Eine edle Seele
spiegelt sich auch darin ab, geistreich ist das Auge, freundlich sind die Gesichtszüge.

Schüler Haubenstricker[1]) malte und stach sein Porträt, ebenso
haben wir Stiche nach seinem Porträt von Ferdinand Landerer[2]) und
P. Coloman Fellner,[3]) doch in grösserem Formate, als jene von
Haubenstricker.

Was immer nur Kinder von ihren Eltern an Lehre und Beispiel
in Sitte, Religiosität und rastloser Thätigkeit erhalten können, Schmidt
hat es reichlich empfangen und darum bewahrte er seinen Eltern
die dankbarste Erinnerung und darum wieder, da ihn gleiche Ideen
und Gefühle in seiner Familie leiteten und treue Liebe zu allen ihm
zunächst Stehenden erfüllte, hiengen auch seine Schüler mit so grosser
Pietät und Liebe an ihm, dem Meister nicht nur in der Kunst, sondern
auch in den Tugenden des Familienvaters und Bürgers. Ich muss

[1]) Paul Haubenstricker (Nagler l. c. VI. 3) radierte ausserdem
nach M. Schmidt den Kalvarienberg, St. Hieronymus vor dem Crucifix knieend.
die Eremiten St. Paulus und Anton. Tschischka l. c. p. 363. Wurzbach,
Biogr. Lexikon VIII. 53.

[2]) Ferdinand Landerer, ein Schüler des berühmten Schmuzer, war 1743
zu Stein an der Donau geboren. Als tüchtiger Radierer in Rembrandt's Manier
sehr geschätzt, wurde er im selben Jahre (18. Dezember), wie Schmidt, zum
wirkl. Mitglied der k. Akademie der bildenden Künste ernannt (Weinkopf l. c.
p. 40, 80). Er starb als Zeichenlehrer an der k. k. Ingenieur-Akademie in Wien
1796. Nach Schmidt radierte er eine Sammlung von 16 Blättern Charakterköpfe
und veröffentlichte sie unter dem Titel: „Toute sorte de têtes qui sont inventées
par Mr. Martin Schmidt et . . . . . ébauchées en cuivre par F. Landerer" (1769),
Leydold exc. (8°). von welcher Sammlung wir noch sprechen werden; ausserdem
radierte er: Christus heilt die Lahmen (gr. Fol.), Jesus vom Satan versucht
(gr. Fol.), den guten Samariter (gr. Fol.), alle drei aus dem J 1760, den Astronomen
(Fol.), den Alchymisten (Fol.), den oriental. Geiger (kl. 4°). Nagler l. c. VII. 263.
Wurzbach, Biograph. Lexikon XIV. 71. (De Luca) das gelehrte Oesterreich.
I. 2 St. p. 324.

[3]) Coloman Fellner war am 19. März 1750 zu Bistorf in Oberösterreich
geboren. Der bekannte und nach langer Vergessenheit erst in jüngster Zeit wieder
zur Geltung gekommene oberösterreichische Dialektdichter Maurus Lindemayer
im Stifte Lambach brachte ihn an das Gymnasium zu Kremsmünster, nach dessen
Absolvierung Fellner in das Benediktiner-Stift Lambach eintrat. Wegen seines
bedeutenden Talentes im Zeichnen und Malen schickte ihn der kunstsinnige Abt
Amand zu M. Schmidt nach Krems und dann zu Schmuzer nach Wien. Er
wurde aber nicht nur ein bedeutender Praktiker mit der Nadel, sondern besass
auch viele theoretische Kenntnisse. legte eine Sammlung von auserlesenen Kupferstichen an und veröffentlichte eine bemerkenswerte Schrift: „über die Art und
Weise, wie man eine Kupferstichsammlung anlegen und ordnen soll." Nach
Schmidt radierte er: Esther knieend vor Ahasver (Fol.); Enthauptung Johann
des Täufers (gr. 8°). drei Mädchen mit einem Affen (kl. Fol.). Nagler l c.
IV. 271. Oesterr. Nat. Encykl. II. 111. Wurzbach l. c. IV. 171.

2

dies so nachdrücklich betonen, da viele Züge in seinem Leben als Mensch und Künstler nur aus dem Geiste seines Vaterhauses, der auch in sein Haus übergegangen war und ihn auf seiner Lebensbahn nie verlassen hat, zu erklären sind. Er besass als Erbteil von seiner Mutter, wie gesagt, Gemüt und religiösen Sinn, seine Kunst ruhte auf einem tiefen unerschütterlichen Glauben, wie dies die Andacht, Verklärung und Begeisterung in einzelnen Gestalten seiner Bilder hinlänglich bezeugen. Nach des Vaters Worten und Beispiel galt auch als sein Grundsatz: Fürchte Gott und es wird dir wohl gehen. Wie religiös er war, sagt uns der biblische Spruch auf seinem Hause, und dass er eines seiner Kabinete zur Kapelle eingerichtet und mit seinen Bildern geschmückt hatte. Dort lag er nicht selten auf den Knien, Stärke in trüben Stunden von oben erflehend, Begeisterung für seine Werke schöpfend;[1] hier verrichtete er sein tägliches Morgengebet, hier dankte er tiefbewegt dem Herrn, wenn er mit seiner Gnade beschenkt ward. Es braucht nicht gesagt zu werden, dass es ein aufrichtig religiöser Sinn war, und dass damit die Freude an der Arbeit, aber auch die Freude am geselligen Zusammensein im Kreise seiner Familie verknüpft sein konnte und auch verknüpft war.

Das Leben in S c h m i d t 's Familie glich dem vieler unserer Väter und Grossväter; es war ein ernstes und voll strenger Sittlichkeit und „gleich so manchem anderen auch ein geschätztes Familienleben im sicheren Wohlstand"; das höchste Glück lag da neben dem Frieden des Hauses und den arbeitsvollen Stunden, im fröhlichen Zusammensein mit der Familie und mit Freunden.

„Tages Arbeit, Abends Gäste.
Saure Wochen, frohe Feste."

Dazwischen gesellte sich die Andacht und Erhebung zu Hause und in der Kirche. Die Pflichten des Familienhauptes waren S c h m i d t heilige; im Gasthause sah man ihn selten. Er lebte nur seiner Familie und seiner Kunst; ein Glas Wein unter Freunden, ein Liedchen auf dem Dudelsack, seinem Lieblingsinstrument, und zeitweilig eine Fahrt nach Wien waren seine Erholung. Das Liebste blieb ihm aber doch die Arbeit. Er war so recht das gerade Gegenteil einer leichtlebigen Künstlernatur, unverdrossen fleissig und sparsam; bisweilen erscheint er mehr als Geschäftsmann, denn als Künstler, so dass manches flüchtig

---

[1] Von gleich kindlicher Frömmigkeit war der grosse Haydn erfüllt, von dem erzählt wird, dass er, ehe er an die Komposition kirchlicher Werke gieng, ein inniges Gebet verrichtete. Wer denkt da nicht auch an Fiesole?

gemalte, unfertig aussehende Bild in die Oeffentlichkeit kam. Aber selbst in solchen Bildern beweisen einzelne Details den echten Künstler. Seine Lebensschicksale bieten wenig von jenen jähen Wechselfällen, die tief eingreifen in das Innere des Menschen, und gerade bei hochbegabten Naturen auch das menschliche Interesse lebhaft wachrufen. — Seine Schüler zählten zu seinen Freunden, deren der Meister noch viele hatte. Für Alle schlug in seiner Brust ein warmes Herz, und die Freundschaft hielt er fest und treu, und wen er einmal als Freund erprobt hatte, von dem liess er nie wieder. Sein ganzes Wesen war gerade, bisweilen etwas derb; Niemanden gegenüber machte er aus seiner Gesinnung ein Hehl, oder hielt die Wahrheit zurück, und doch stand er bei Allen in grossem Ansehen. Bescheiden lehnte er immer die Lobeserhebungen seiner Freunde und Gäste mit den Worten ab: „Ei was! das Malen ist leicht, wenn man nur weiss, wo man hinfahren soll." Alle diese Vorzüge waren in der Stadt und selbst über das Weichbild derselben hinaus allgemein bekannt. Wenn er an hohen Festtagen oder bei sonstigen festlichen Gelegenheiten nach der Sitte seiner Zeit mit dem bordirten Dreispitz, mit der weissen Perrücke, dem granatfarbenen gros-d'or Anzug, mit der goldstoffenen Weste, mit den Seidenstrümpfen und den silbernen Schnallenschuhen, mit dem Degen und Stock mit silbernem Knopf darauf durch die engen Strassen dahingieng. zog auch Jung und Alt die Mützen und Hüte zum ehrfurchtsvollen oder freundlichen Gruss.

So war Schmidt, der Mensch.

II.

Das künstlerische Schaffen, das zunächst der subjektiven Begeisterung Ursprung und Wesen verdankt, auch in Auffassung und
Durchführung den ureignen Meister zeigt, ist noch durch tausend Fäden
mit dem Zeitgeiste in Wirtschaft und Politik und mit dem Volksbewusstsein, namentlich mit den Gesetzen einer herrschenden Schule verknüpft;
auch die Volksgunst und der Widerhall aus verständnisvollen Seelen, der
in Lob oder Tadel, Beifall oder Hohn sich äussert, bleiben nicht ohne
Wirkung auf eines Künstlers Eigenart. Dieser ist ja, wie Göthe sagt,
auch ein Teil des Publikums, auch er ist in gleichen Jahren und Tagen
gebildet, auch er fühlt die gleichen Bedürfnisse, er drängt sich in derselben Richtung, und so bewegt er sich glücklich mit der Menge fort,
die ihn trägt, und die er belebt. Daher sind es nur Ausnahmen, jene
gewaltigen Genien, „die, wie Michel Angelo, unbekümmert um die
ganze Welt, um Ruhm und Hohn, sich einschliessen mit ihrer Arbeit
und dann mit titanenhaften Werken hervortreten, welche eine alte Zeit
begraben, einer neuen zum Sieg verhelfen und allem Streben Ziele von
ungeahnter Weihe und Erhabenheit stecken".[1])

So ein bahnbrechender Meister war Martin Johann Schmidt
freilich nicht. Sein Bildungsgang, wenn wir auch wenig von ihm
wissen, war gewiss nicht derartig, dass er die Beseitigung ungesunder
und morscher Zustände und die Erschliessung neuer Bahnen erwarten
liess; ebensowenig konnte und wollte er seinem Charakter nach, der
vom Hause aus friedeliebend und nur für die engen Grenzen der Häuslichkeit und eines ruhigen Schaffens angelegt war, den Kampf mit dem
Denken und Fühlen Anderer aufnemen, denn in seiner Brust brannte
die Flamme künstlerischer Begeisterung, nicht aber die Kriegsfackel,
an welcher andere ihr Feuer entzünden zum heiligen Krieg, der Altes
stürzt und Neues schafft. Daher verlief Schmidt's künstlerisches
Leben ruhig und heiter gleich einem Bächlein, das zwischen lachenden,
blumigen Fluren sich hinschlängelt, und seinen inneren Frieden störten
keine gewaltigen, geistigen Anfregungen, keine Momente des Zweifelns

[1]) W. Lübke in v. Lützow's Zeitschrift für bildende Kunst I. Bd. p. 3.

und Bangens, wie sie jenen nicht erspart bleiben, die eine andere Zeit, eine andere Richtung verkündigen; denn „wer neue Weltanschauungen oder grosse Umwälzungen bringt, neue Welten ahnt und sucht, darf den Gang durch Hölle und Fegefeuer der entgegenstehenden Ueberzeugungen nicht scheuen und den Sturz nicht fürchten, wie er sich in's Ungewisse hineinwagt".[1] Stürme, wie Schmidt sie im Leben zu bestehen hatte, brausen eben täglich über die Köpfe von Millionen Sterblichen hinweg, sie waren auch keine Stürme, die er mit eigenem Willen und eigener Kraft heraufbeschworen hatte, um die künstlerische Atmosphäre von Dünsten und Nebeln zu reinigen.

Diesem Wesen als Mensch und Künstler entsprechend lebte er zurückgezogen in dem durch Fleiss und Arbeit seiner Bürger wohlhabenden Donaustädtchen Stein, ferne vom Hofe und der geräuschvollen Residenz, ferne von den Adelskreisen und der Gesellschaft, die er wie absichtlich mied. Hier, in der Ruhe einer kleinen Landstadt und in freundlicher Gegend — die Fenster seines Arbeitszimmers, das im rückwärtigen Teile seines Hauses sich befand, giengen in einen terrassenförmig, zur alten Burg Stein aufsteigenden Garten, und von den Fenstern der Gassenfront, deren Aussicht damals durch das gegenüberstehende Aichelburgische Haus noch nicht beschränkt war, sah er den Donaustrom und das auf einem Berge gegenüberliegende, weithin schimmernde, altehrwürdige Kloster Göttweig — empfieng er seine Kunden, seine Freunde, hier lehrte er seine Schüler und schuf seine Werke, am liebsten und auch am häufigsten religiösen Inhalts und weihevoller Stimmung. Nur ein Künstler mit kindlich frommem Geiste, welchen der Zwiespalt des Glaubens und Denkens nicht peinigt, mit einer heiteren, reinen Seele, welche von der Seligkeit des Glaubens wirklich erfüllt ist, vermag das schwierige Dogma der Trinitaet auch so lieblich und freudig darzustellen, wie es z. B. Schmidt mit seinem Dreifaltigkeitsbilde in der Kapelle der Augustinerkirche in Salzburg bewiesen hat.

Er war somit ein echt konservativer Künstler, welcher der Richtung seiner Zeit und den Traditionen des vergangenen Jahrhunderts nicht feindlich gegenüber stand, aber doch wieder eigene Wege gieng und die Zeitgenossen mitunter überholte. Zeigt er uns auch in der Komposition und im Kolorit so recht seine Eigentümlichkeiten, erkennen wir oft schon auf den ersten Blick die Ideale seines Schaffens und die ihm eigentümliche Farbenstimmung, so lassen sich die Einflüsse und der

---

[1] C. Deneke, Gerhard Terborch in Dohme's: Kunst und Künstler des Mittelalters und der Neuzeit. Leipz. 1875. 2. Heft p. 3.

Zusammenhang mit der herrschenden Kunstrichtung, der er entsprang
und sich nie ganz entäussern konnte, genau verfolgen; die Fehler und
Mängel, welche der Malerei seiner Zeit anhaften, sie finden sich auch
bei ihm, gesteigert oft durch die Flüchtigkeit im Arbeiten. Aber er war
eine begnadete Künstlerseele, voll Phantasie, Begeisterung und tiefen,
echt deutschen Gemütes, „an Hoffnung reich, im Glauben fest", dabei
ein treuer Sohn seines Volkes, der daher dem Denken und Fühlen desselben, ich möchte sagen, dem deutsch-österreichischen Wesen überhaupt
schon näher stand, als alle anderen Meister, die vor und neben ihm in
Oesterreich gelebt haben. Darum ist auch von allen seinen Zeitgenossen
keiner beim Volke so populär geworden, als „unser Kremser Schmidt".

Die ersten Versuche, die bildenden Künste in Oesterreich zu för-
dern, fallen in den Anfang des XVIII. Jahrhunderts. Kaiser Leopold I.
liess nämlich damals Modelle der berühmtesten Werke griechischer Plastik
in den Museen von Rom und Florenz mit bedeutenden Kosten anfertigen
und nach Wien bringen, wo sie im Hauptstocke des sogen. Schönbrunner-
hauses unter den Tuchlauben, der gegenwärtig dem österreichischen
Kunstverein für seine Ausstellungen eingeräumt ist, aufgestellt wurden.
Hier wurde auch im Jahre 1704 die „Maler- und Bildhauerakademie"
eröffnet und unter die Leitung des berühmten und bei Hof angesehenen
kais. Kammermalers S t r u d e l gestellt. „Man findet aber", sagt Fuessli,
„wenig Spuren einer beträchtlichen Ausbreitung des Kunstgeschmackes
in jener Zeit, ungeachtet die Geschicklichkeit und das persönliche Ansehen S t r u d e l s unter dem Adel wichtige gute Folgen hatte hoffen
lassen". Mit dessen Tod (1717) trat sogar ein Stillstand ein, und die
geistigen Interessen schienen nach dieser Seite arg gefährdet. Bald darauf
waren auch Lokalschwierigkeiten dem Fortbestande der Akademie hinderlich, und die Finanznot des Staates nach dem spanischen Erbfolgekrieg,
sowie jene sorglose Wirtschaft am Hofe selbst, welche schon die Kaiserin
Regentin Eleonore durch Sparsamkeit, die selbst auf das so beliebte
Gebiet der Musik sich erstreckte,[1] zu beheben versucht hatte, machten
überdies viele Quellen für die bildenden Künste versiegen. Auch verwendete
Kaiser Karl VI. für Plastik und Malerei direkte weniger, als seine Vor-
gänger, welche die bildenden Künste in ganz erheblicher Weise in ihren
Schutz genommen hatten; dabei dürfen wir nicht vergessen, dass schon
seit Ferdinand III. die Musik allmälig den Sieg über die bildenden
Künste davongetragen hatte. An keinem europäischen Fürstenhofe wurde

---

[1] Dr. L. R. v. K ö c h e l, Johann Jos. Fux. Hofkompositor und Hofkapell-
meister des Kaisers Leopold I., Josef I. und Karl VI. Wien 1872, p. 74.

damals die Musik, praktisch wie theoretisch, von Fürsten und Fürstinnen persönlich und mit so grossen Kosten geübt, als am Hofe der Habsburger zu Wien,[1]) und der Adel ahmte dieses Beispiel nach. Dramen und Oratorien, Opern und Kammermusik, Theater und Ballete waren Gegenstände eifriger Pflege. Säle und Corridore hallten wider vom Klange des Flöten- und Saitenspiels, vom Gesang und von neckischen Scherzen, vom fröhlichen Lachen, Tanz und Spiel. K. Josef I. hielt glänzende Hoffeste in der Burg zu Wien. Die Zeiten der Babenberger schienen in blendender Herrlichkeit zurückgekehrt zu sein, nur des schönsten Attributes, der deutschen Art, des nationalen Gepräges entkleidet. Alles stand nämlich unter der Herrschaft der Fremden, der Italiener und Franzosen! Waren diese doch zarter, gefälliger in der Form, als jene derben, ungefügen Deutschen, welche der dreissigjährige Krieg gar so verroht hatte. Unter den Adeligen gab es daher Anfangs nur wenige, welche die bildenden Künste schätzten und förderten, deren Schüler unterstützten, auch ihre oft mit grossen Kosten angelegten Sammlungen von Gemälden und Kupferstichen zu dem Zwecke erweiterten und zugänglich machten, um Neigung und Verständnis für diese Künste immer mehr zu wecken. Ein Prinz E u g e n, ein Fürst Hans Adam von L i e c h t e n s t e i n, welcher das Ansehen und den Reichtum seines Hauses geschaffen, ein T r a u t s o n, A l t h a n n, S c h w a r z e n b e r g, der Hofkanzler Graf Ludwig von S i n z e n d o r f mit seiner hochgebildeten Gemahlin, der Gräfin Dorothea Elisabet, und noch einige Andere von gleich hohem Geistesfluge, die mit der wärmsten Vaterlandsliebe auch ein feines Gefühl für das Schöne und Nützliche in den bildenden Künsten besassen, erklärten sich fast einzig und allein zu Beschützern und Förderern dieser Kunstzweige.

Um die Mitte des vorigen Jahrhunderts hatte sich nun durch die vielen Neu- und Umbauten von Schlössern, Palästen, Gallerien, Kunstsammlungen und Bibliotheken, Klöstern und Kirchen bis herunter zur einfachen Dorfkirche der Malerei in Oesterreich ein weites Feld zur Thätigkeit eröffnet: die Zahl der Bilder, die damals entstanden, setzt uns

---

[1]) Kaiser Leopold I. liebte diese Kunst leidenschaftlich und begünstigte sie wahrhaft fürstlich. Der Ruf der kaiserlichen Kapelle und der musikalischen Aufführungen bei Hof, woran selbst Mitglieder des Kaiserhauses und des höchsten Adels sich beteiligten, hatte sich weit über die Grenzen des Reiches hinaus verbreitet. In dieser Kunst besassen die höchsten Kreise ebenso tüchtige theoretische Kenntnisse — wir verweisen nur auf Kaiser Ferdinand III. und Leopold I. und ihre Kompositionen in der k. k. Hofbibliothek in Wien — als sie auch in der praktischen Ausführung oft den besten Künstlern vom Fach zur Seite gestellt werden konnten. Dr. L. R. v. K ö c h e l: Joh. Jos. Fux u. s. w., p. 17 ff., 22 ff., 63 ff., 84 ff.

geradezu in Erstaunen. Der Jesuitenfrater Pozzo[1]) hatte die Fresken der Universitäts-, St. Anna- und Dominikanerkirche und ausserdem die Altarbilder in ersterer Kirche gemalt, Tobias Bock und Joachim Sandrat waren die Schöpfer der Bilder bei St. Stephan, St. Augustin, bei den Dominikanern und den Schotten in Wien, Fanti und del Po hatten die Decken und Säle des Belvedere, Antonio Belucci die Decken und Säle der Liechtenstein-Gallerie geschmückt; viele Fresken und Altarbilder schufen Altomonte und Rothmayer in den Klöstern Heiligenkreuz, Herzogenburg, St. Pölten und Melk, in der Karls- und Peterskirche in Wien; der Saal der Hofbibliothek und die Säle in den Lustschlössern Schönbrunn und Hetzendorf erhielten durch Daniel Grau, von welchem Meister es auch zahlreiche Altarbilder giebt, ihren bekannten Farbenschmuck. Paul Troger und Hauzinger malten die Fresken in der Mariahilferkirche in Wien, die Fresken der Prachtstiege in Göttweig, des Bibliotheksaales in Melk und der Decken im Stifte Altenburg, wie denn auch Maulpertsch mit seinen vielen Fresken und Altarbildern, besonders in Mähren, wo Sambach und der Jesuitenfrater Ignaz Raab eine noch grössere Thätigkeit entfalteten, hier nicht übersehen werden darf.

Da liegt die Frage nahe, in welchem Style denn alle diese zahlreichen, in ihrem Werte so unterschiedlichen Bilder entstanden sind? War damals die Malerei in Oesterreich eine selbstständige, eine nationale, war sie eine aus dem Volke hervorgegangene und mit dem unverfälschten Bewusstsein desselben übereinstimmende Kunst? Wir müssen es verneinen, ja erklärend beifügen, dass auch anderwärts, in Deutschland so gut wie in Italien, jenes Merkmal der Harmonie der Kunst mit dem Volksbewusstsein schon lange entschwunden war. Gleich der Plastik und Musik[2]) war auch die Malerei ganz der italienisch-französischen Schule unterworfen. Italiener, wie Guido Canlossi (Cagnacci) — ein Schüler Guido Reni's — Pozzo, Belucci, Carlone, die beiden Fanti, Del Po, Januario Basile, Solimena, Burnacini, Peluzzi, Martinelli, Pellegrini, Galli-Bibiena, Gennaro und der

---

[1]) Andrea Pozzo (od. Puteus) war am 30. Nov. 1642 in Trient geboren. Mit 23 Jahren trat er als Laienbruder in den Jesuitenorden ein und verlegte sich mit grossem Eifer unter Luigi's Scaramuza's Leitung in Mailand auf die Malerei. Er wurde einer der bedeutendsten Perspektivmaler, besonders al fresco. Sein Meisterwerk in diesem Genre sind die Fresken der Jesuitenkirche al Gesù in Rom. Von ihm besitzen wir auch ein sehr gutes Werk über Perspektive in 2 Foliobänden (latein. u. ital. Rom 1693 und 1705; wurde auch in's Englische und Deutsche übersetzt). Pozzo starb zu Wien am 31. August 1709.

[2]) Vergl. Dr. L. R. v. Köchel, Joh. Jos. Fux u. s. w. p. 23 f. p.

italienisierte Altomonte wurden hierher berufen, um, wie man sagte,
den Geschmack zu verbessern und der handwerksmässigen Arbeit ein Ziel
zu setzen, und einheimische Künstler, wie Kopetzky, Rothmayer,
Hillebrand, Daniel Gran, Unterberger und vor Allen Paul
Troger mussten im Style dieser Meister verharren, wollten sie überhaupt in höheren Kreisen Beschäftigung und Beifall finden. Aber Wien
verdankte jenen ausländischen Künstlern eine wahre Besserung des
Kunstgeschmackes nicht, und nur das kühne und anmassende Wesen
der meisten derselben, namentlich des Trosses von niederen Göttern,
der jenen hervorragenderen Meistern folgte, hatte die eine gute Folge,
dass inländische Künstler, wenn sie Treffliches leisteten, wol spät, aber
doch nach und nach in besseres Ansehen kamen, dass auch sie mit
der Zeit den Titel „Hofmaler" erhielten und dass ihre Werke in die
Gemäldesammlungen aufgenommen wurden.[1])

Wenn nun auch durch van Schüppen's Bemühungen Malerei
und Plastik sich hoben und Männer wie Rottmayer, Palko, Sambach, Sandrat, Ign. Raab, Troger, Gran und der ältere Brand
Bedeutendes für ihre Zeit leisteten, so haften ihnen dagegen auch die
Fehler derselben an, namentlich in der Zeichnung, die bei vielen
andern ihrer Zeitgenossen sogar recht nachlässig und schleuderisch
genannt werden muss; auch Eleganz und ein tieferes Studium in
der Komposition und im Kolorit wird man bei jenen Meistern oft nur
zu sehr missen.

---

[1]) Rud. Eitelberger von Edelberg äussert sich in seinen jüngst er-
schienenen, überaus lehr- und inhaltreichen „Gesammelten kunsthistorischen
Schriften", I. Band: „Kunst und Künstler Wiens der neueren Zeit" S. 21 in
folgender Weise: „Besonders die italienischen Bildhauer und Maler übten auf die
einheimischen Künstler einen mächtigen Druck aus, der den letzteren allerdings
sehr unbequem gewesen sein mag. Solche Kämpfe haben immer stattgefunden;
sie berühren stets die persönlichen Interessen und können in manchen Fällen
störend und hemmend auf die Entwicklung der Kunst einwirken. Der ernsthafte
Kunstfreund wird sich aber von solchen persönlichen Verhältnissen nicht beirren
lassen. . Denn der Wetteifer ist einer von den Faktoren, welche den Menschen
bewegen, und die Wiener Kunst würde sich gewiss nicht so reich entwickelt
haben, wenn nicht der Wetteifer einen mächtigen Sporn gebildet hätte. Blickt
man daher in erster Linie mit gerechtem Stolze auf diejenigen Künstler, welche
als einheimisch im vollen Sinne des Wortes gelten können, die sozusagen der
Muttererde entsprungen sind und deren Wiege in Wien gestanden und die sich
durch jahrelange mühevolle Arbeit daselbst einen bedeutenden Namen geschaffen
haben, so sind nicht minder diejenigen Kräfte in Betracht zu ziehen, welche von
auswärts eingewandert sind, in Wien ihren bleibenden Aufenthalt genommen
und das Wiener Kunstleben befruchtet haben".

So vermochten auswärtige und einheimische Meister nicht, den Kunstgeschmack zu läutern und den Jüngern der Kunst die wahren Wege zu weisen. Um Malerei und Plastik jenen Irrwegen zu entreissen, waren gewaltige Stürme nötig, Stürme, welche eine Nation bis in das innerste Mark erschüttern und dadurch eine Einkehr in das Reich der Ideale, in das eigentliche Wesen der Kunst und in die erhabene Welt der grossen Vorfahren wieder anbahnen, oder es mussten Männer auftreten, wie Winkelmann, welche an den Werken der Antike die Gesetze der Schönheit und das Wesen der Kunst mit unwiderstehlicher Gewalt des Geistes und des Wortes predigen und in weite Kreise tragen.

Die Geschichte der Malerei in Oesterreich lehrt aber auch, dass es hier nie eine eigene Schule, dass es hier nie eine unabhängige und nationale Kunst gegeben hat, dass vielmehr alle Meister immer nur den mühsamen Pfad der Nachahmung gewandelt sind. Wenn Nürnbergs Name in der Kunstgeschichte des Mittelalters weithin leuchtet, weil es Haupt- und Mittelpunkt der fränkischen Kunst gewesen, wenn die Städte Augsburg und Basel, als an der Spitze der schwäbischen Schule stehend, gepriesen werden, so . war Wien nie der Sitz einer ausgeprägt österreichischen Schule. Immer ist es nur der deutsche oder italienische Einfluss, der sich hier abwechselnd zur Geltung gebracht hatte. Oesterreichische Malergesellen, deren Namen uns nicht überliefert sind, aber die Thatsache ist verbürgt, arbeiten draussen in fränkischen und schwäbischen Werkstätten, und hier in Oesterreich wird im Geiste jener deutschen Schulen geschaffen, und mancher fremder Meister hält sich hier auf. Anderseits lassen wieder die näheren Beziehungen zu Italien im Handel und in der Politik die Nachwirkungen davon auch auf dem Kunstgebiete verspüren, ja diese italienischen Studien können hier schon früher, als in irgend einer andern deutschen Gegend nachgewiesen werden, gerade wie dies bei der Renaissance in Architektur und Malerei der Fall ist, und wie wir auch schon um 1149 die Anklänge an die Eyk'sche Schule hier finden. Da aber jene mittelalterliche Kunst, ob sie nun fränkisch oder schwäbisch, italienisch oder burgundisch, französisch oder englisch bezeichnet wird, vor allem und immer eine echt volkstümliche war, aus dem Volke hervorgieng und wieder zum Herzen des Volkes in der edelsten und eindringlichsten Sprache redete, so stand diese fremde Kunst auch in Oesterreich in keinem Gegensatz zum Volksbewusstsein.

Zu Schmidt's und der früher genannten Meister Zeit waren nun noch immer italienische Schulen mit tonangebend in Oesterreich, u. zw. besonders in der monumentalen Malerei. Aber es war jetzt eine entartete, zur Manier gewordene Kunst, welche alle Länder mit der Gewalt einer

Mode beherrschte und der gegenüber alle auftauchenden Scrupel sich beugen mussten; es war die von den einfachen und wahren Gesetzen abgewichene Kunst, welche die höheren Kreise — denn nur diese hatten damals vorherrschend höhere geistige Interessen — in ihrem Banne gefangen hielt; der reine Formen- und Kunstsinn, der Massstab für das Erhabene und Schöne war abhanden gekommen. Dieser Niedergang der profanen und religiösen Malerei lässt sich bekanntlich schon auf Michel Angelo's Schüler und Nachfolger zurückführen. Die fast übernatürliche Zeichnung und Farbe dieses Meisters, sein „Dämonisches" oder „Furchtbares (terribile)", noch voll Liniengefühl und Gedankentiefe in der Sculptur, aber unbeseelt und physiologisch unmöglich in der gemalten Figur, dabei titanenhaft im Motiv, konnte nicht mehr im eigenen Geiste nachgebildet oder doch nachgeahmt werden, ausser es wäre eben jeder der Schüler ein Michel Angelo gewesen. Da sie aber den Meister in der Kraft und im Wissen und in der philosophischen Auffassung nicht erreichten, so wurden sie nur handfertig, hohl und öde in Formen. Es schwanden Geist und stylvolle Technik immer mehr aus der Malerei, und die Fluten des Manierismus brachen herein, dessen Ziele und Zwecke auf das Blendende und Ueberraschende gerichtet waren und auch dem Bereich der Unmöglichkeiten zusteuerten. Damit gieng eine eitle Massenproduktion Hand in Hand, und nur noch wenige Künstler, von besseren Gedanken und edlen Formen erfüllt, erhielten sich über dem Trubel; aber gleich klammerten sich wieder Hunderte an sie und verkehrten Gehalt und Form in Unsinn. Besonders toll trieben es in Italien jene fabriksmässigen Unternemer oder förmlichen Malergesellschaften, die nur um des lieben Mammons und des Geschäftes willen arbeiteten. Wie tief war doch in Italien, wo die echte Kunst einst so grosse Triumphe gefeiert hatte, die Malerei gesunken!

Zu diesem Umschwung kam noch ein anderes verderbliches Moment. Während des Kampfes mit dem Protestantismus und in der darauf folgenden Zeit der Reaktion gewann in der katholischen Kunst aus Feindseligkeit gegen den Idealismus der Humanisten der Realismus die Oberhand, der aber bald in eine ideenlose Renaissance, in den eben geschilderten Manierismus übergieng. Dieser Realismus entsprach so recht der leidenschaftlichen, der Extase hinneigenden Richtung, wie sie sich im Katholicismus jetzt geltend machte. Die alte Naivetät war entschwunden, und nicht mehr wie in früheren Jahrhunderten tritt uns aus den Bildern das rein Menschliche in irdischer Ruhe entgegen, fesselnd die Sinne, erhebend das Herz zu himmlischen Sphären; die Darstellungen sind jetzt vielmehr leidenschaftlich erregt und von einem halbsentimentalen, unwahren Affekt erfüllt, worin man die eigentliche Erhöhung und Idealisierung der menschlichen Natur erblickte. Maria z. B. ist in der Kunst nicht mehr die zart empfundene, einfache Magd des Herrn, welche in holdseeliger Demut in das Gebet und in die Weissagungen des alten Testamentes sich vertieft, ist nicht mehr die schüchterne Jungfrau, welche auf Erden wandelt und in ergreifender Ruhe und Ergebung in den Willen des Höchsten den Worten des Engels lauscht. Wie grundverschieden in der Idee ist nicht eine derartige Darstellung des englischen Grusses oder anderer Mariengestalten bei den alten deutschen Meistern von jener der Immaculata Murillo's! [1])

Die natürliche Einfachheit und Wahrheit des religiösen Gefühls scheint von der Erde in den Himmel entflohen zu sein, und nur die Krankheit der Phantasie zeigt sich jetzt um so aufdringlicher in widrigen, oft sogar lüsternen Formen, wie bei Bernini. Da giebt es die wunderlichsten Vorstellungen von ekstatischen Zuständen, von Verzückungen und Visionen mit allen undenkbaren Stellungen, und waren die Bilder nicht die Ausgeburten einer solchen krankhaften Idee und eines excessiven Manierismus, so waren sie wieder nur zu oft voll rohen Naturalismus, getreue Schilderungen von Qualen und Martern der Heiligen — eine geistige Armut in ewiger Wiederholung, und solches findet sich selbst bei den besseren Meistern. Selten wurden die Stoffe aus dem Leben Jesu, aus der heiligen Familien- und Apostelgeschichte genommen, aus welchem nie versiegenden, reichen Born einst D ü r e r und R a p h a e l liebevoll geschöpft, oder R e m b r a n d t, welcher auch das Mystische, Geheimnissvolle und Uebernatürliche dem rein Menschlichen wieder untergeordnet hatte.

Jene italienischen Malermeister, die nach Oesterreich berufen worden waren, gehörten verschiedenen Stylrichtungen und Schulen an, der neapolitanischen, wie die F a n t i, J a n u a r i o, B a s i l e, S o l i m e n a und der italienisierte A l t o m o n t e, oder der bolognesischen und venetianischen

[1]) Man vgl. dazu, was v. K ö c h e l in seinem gediegenen Werke: Joh. Jos. Fux etc. p. 24 über die italienischen und deutschen Operntexte sagt. — Gleiches lässt sich auch von der geistlichen Poesie behaupten. Die Einfalt, Innigkeit und Wahrheit der alten Hymnen, „welche mit dem Einsamen in seine Zelle, mit dem Gedrückten in seine Kammer, in seine Not, in sein Grab giengen", waren schon lange entschwunden. An die Stelle der zarten Weihnachtslieder, der fröhlichen Oster- und Pfingstlieder des Mittelalters mit ihren reizenden Volksweisen, ja selbst der ergreifenden Poesie der Reformationszeit war jetzt eine bombastisch feierliche, dem Herzen des Volkes ganz fremde oder eine monotone, gehaltlose und in der Form holprige Poesie getreten. Die profane Poesie und Sprache war womöglich noch entarteter.

Schule. Es lässt sich nicht läugnen, dass sie in der Technik, wie Pozzo's Fresken bezeugen, oder im Kolorit, namentlich im Helldunkel, das seit Correggio vielfach nachgeahmt wurde, grosse Erfolge erzielten; Antonio Belucci mit seiner heiligen Nacht in der Markuskirche in Venedig ist uns hiefür ein Beispiel.

Aber schon machte sich auch ein anderes Moment geltend, das angehenden Kunstjüngern neue Vorbilder des Studiums und Schaffens bot. Neben jenen Italienern waren nämlich Meister des französisch-niederländischen Barockstyles, so Strudel und van Schüppen nach Wien berufen worden,[1]) denn jenes Wien, das ehedem eine befestigte Grenzstadt war, deren Mauern wiederholt den Angriffen der Türken Stand halten mussten, war damals schon eine vorneme und glänzende Stadt mit vorwiegend barockem und dazu aristokratischem Charakter.[2]) Freilich war das Gebiet dieses Styles mehr der Salon, als die Kirche, während die Italiener die grosse historische Kunst, wenig beirrt durch jene, in Kirchen und Sälen fortübten; aber doch zeigen sich jene Barockformen auch in der monumentalen Malerei einzelner Meister, zu denen Schmidt besonders zählt.

So stand es um die Malerei in Oesterreich, als Martin Johann Schmidt seine Lehrjahre begann. Wie wir aus seinem Lebens- und Bildungsgange erfahren haben, verhüllt uns ein Schleier diese wichtige Epoche in seinem Leben: weder Briefe noch Tagebücher von ihm oder seinen Schülern sind vorhanden, die uns auch nur einige aufklärende Anhaltspunkte über seinen Lebens- und Lehrgang verschaffen würden. Dass er der Bildhauerei Valet sagte, das Haus seines Vaters und dessen Unterricht verliess, um Maler zu werden, lässt auf eine jugendliche Begeisterung gerade für diese Kunst schliessen, aber mehr als ein dunkler Drang, der erste Flügelschlag der Begeisterung, wird es eben nicht gewesen sein, denn die höchsten Triumphe des Geistes in der Kunst zu schauen, war ihm bis dahin nicht gegönnt gewesen. Vorbilder, wie sie Dürer in Nürnberg, Michel Angelo in Florenz, Cornelius in Düsseldorf, Göthe und Raphael im Vaterhause in ihrer Jugendzeit vor Augen hatten, waren ihm noch Geheimnisse. Wenn nun auch seine Seele von mächtigen Gefühlen noch nicht ergriffen, nicht von heissem Verlangen durchglüht war, solche Ideale zu erreichen, wenn sein Schön-heits- und Formensinn durch die frühe Betrachtung so grosser Meister-

---

[1]) Vgl. über diesen Styl in Wien: „Franz Christoph Janneck. Ein Beitrag zur Geschichte der niederländ.-französ. Malerschule in Wien" in Kábdebo's Oesterr. Kunstchronik. I. Jahrg. (1878) Nr. 2, 3, 4 und 5.

[2]) R. v. Eitelberger l. c. I. Bd. p. 24.

werke noch nicht geweckt war: so war es doch der Gott in der Brust,
der ihn, wie seinen nicht unberühmten Zeit- und Kunstgenossen Sambach in die Ferne geleitete. Auch der Bildhauer Raphael Donner
hatte ja in dem niederösterreichischen Dorfe Esslingen im Marchfelde,
wo er das Licht der Welt erblickt hatte, grosse Jugendeindrücke nicht
empfangen, und auch bei diesem war es nicht mehr, als ein dunkler
Drang, da er als Zögling im Kloster Heiligenkreuz die Kerzenüberreste
zusammensuchte, um Nachts Licht zur Arbeit und Wachs zu Modellen
zu haben, jener selbe Drang, der einst den jungen Fra Salvatore —
nachmaligen Papst Sixtus V. — beim Scheine einer Laterne im Kreuz-
gang, oder beim ewigen Lichte an den Stufen des Altars halbe Nächte
lang im Studium verbringen liess. Solche Manifestationen deuten schon
aus psychologischen Gründen auf grössere Anlagen, auf eine frischere
Einbildungskraft, die nur der rechten Leitung bedürfen, oder sich mit
den Jahren selbst Bahn brechen.

Der erste Unterricht im Zeichnen und Malen durch einen Lehrer
aus der Strudel'schen Schule machte Schmidt mit dem französisch-
niederländischen Barockstyl, der eben seit Strudel in Oesterreich Eingang gefunden hatte, bekannt. Als Schmidt dann wahrscheinlich in die
1726 reorganisierte „Malerakademie" zu Wien eintrat,[1]) war mit der
Leitung derselben der kaiserliche Kammermaler van Schüppen betraut
(1726—1751), ein Meister, der damals eines bedeutenden Rufes sich
erfreute und recht eigentlich als der erste hervorragende Vertreter jener
Malerschule in Wien anzusehen ist; hier lernte er deren Formen in
vollendeterer Technik kennen. Ihrer Fertigkeiten und Eindrücke, mit
denen Schmidt damals vertraut wurde, der Eigenart in der Zeichnung
der Körper, der Gewandung, des Beiwerkes u. dgl., vermochte er sich dann
nicht mehr zu entschlagen, ihre Spuren lassen sich selbst in seinen besten
Bildern erkennen, welche tüchtige Studien nach Meistern jener Richtung
verrathen. Seine Köpfe sind zu klein, wie der sonst gut modellierte Kopf
des heil. Anselmus von Kanterbury in der Hauskapelle des Prälaten
von Göttweig, oder jener des heil. Egydius auf dem Hochaltarbilde zu
St. Egydi, die Hände sind zu zart und nicht selten zu kurz, wie denn
Schmidt ein ausgeprägtes Gefühl für die Linie mangelt. Die Eleganz
der Zeichnung, die Charakteristik in den Köpfen und die Freiheit im
Ausdrucke, welche die vollste Technik im Zeichnen voraussetzt, wird
man bei ihm oft vermissen.

---

[1]) Da Schmidt später Associirter der „Akademie" wurde, musste er nach
den Statuten von 1751 eine akademische Bildung genossen haben.

Der erste künstlerische Entwicklungsgang unseres Meisters bewegte sich sonach in der Manier der barocken Zeit; diese war sozusagen der Inhalt seiner eigentlichen Schulbildung, wohingegen er mit der grossen historischen Kunst, die damals nur von den Italienern geübt wurde, wenig vertraut war. Aber jene Schule bot Schmidt doch zu wenig; für die Zwecke die er anstrebte, reichte sie nicht aus. Da ein innerer Drang ihn schon früh in das reiche Gebiet der religiösen Malerei lenkte, welcher auch die grössere Zahl seiner Bilder und darunter die besten angehören, so ward er schon darum auf das Studium der Klassiker dieser Kunst unter den Niederländern und Italienern gewiesen, namentlich aber Rembrandt und Rubens, die er studierte und oft glücklich nachahmte. In seinen wenigen Radierungen in Rembrandt's Manier ist er recht gut, wenngleich er die geniale Nadelführung seines grossen Vorbildes nicht zu erreichen vermochte, und das Helldunkel in seinen Bildern zeigt uns, wie richtig er die Theorie von Licht und Schatten an seinen Vorbildern studiert hatte. Im Kolorit sind es die Niederländer, denen er nachstrebte, oft auch die Italiener. In der Komposition, namentlich in dem Figuren-zeichnen nähert er sich diesen, aber auch Rubens, wie denn hervorgehoben werden muss, dass in manchen der Schmidt'schen Kompositionen eine auf-fallende Aehnlichkeit mit Rubens zu erkennen ist.

Auf welche Weise Schmidt das Studium der niederländischen und italienischen Meister vermittelt wurde, ist uns nicht bekannt; die Thatsache aber steht fest, dass ein geistiger Connex zwischen ihm und jenen Meistern besteht. Es wird sich im Verlaufe unserer Dar-stellung noch die Gelegenheit ergeben, darauf einzugehen. Leider sind Schmidt's Werke viel zu sehr zerstreut, als dass wir aus einem un-mittelbar vergleichenden Studium noch weitere Aufschlüsse hierüber gewinnen könnten. Es sei hier aber nur kurz bemerkt, dass dieser künstlerische Entwicklungsgang Schmidt's ein natürlicher war. Da ihm die Vorbilder seiner Lehrjahre nicht genügten, er aber vermöge seiner gesunden Anschauung und seines kräftigen Talentes nach Höherem strebte, so weit es damals überhaupt und bei ihm speziell möglich war, so vollzog sich jene Wandlung im Studium seiner Vorbilder, also in der Uebergangszeit von den Lehrlings- zu den Meisterjahren, und noch in diesen scheint er fleissig studiert zu haben. Schmidt ist darum unter seinen Zeitgenossen unstreitig eine merkwürdige und auffallende Erscheinung. Während die Kleinmeister im niederländisch-französischen Barock arbeiteten und einige unter ihnen, wie Orient, Janneck ganz Tüchtiges leisteten, die Historienmaler in Oel aber und die Freskanten der Manier der italienischen Barockmaler, wenngleich einer besseren Art, sich befleissigten, da auch hier eine Reaktion gegen den Manierismus der früheren Decennien zum Durchbruche gekommen war, so ist S c h m i d t zu den wenigen Eklektikern nach beiden Seiten hin zu zählen. Diesem Eklekticismus verdankt er nicht nur seinen Ruf, sondern auch seine Originalität. Er ist Eklektiker in der Farbe — und doch dabei wieder originell; er ist Eklektiker in der Komposition, und dabei in vielen Bildern originell in der Auffassung, die, was die religiöse Malerei ganz besonders verlangt, in seiner religiösen Gesinnung wurzelt. Seine Auffassung ist aber mehr eine kindlich naive, aufrichtige, ohne mystisch-ascetischen oder streng dogmatischen Zug, so dass wir zwischen ihm und den Meistern der altdeutschen Schule manchen Zusammenhang finden; was sie trennt, ist nur die Kluft der Zeit, die Kluft, welche Technik und die Formen der altdeutschen Schule von jener des Barocken überhaupt scheidet. S c h m i d t's religiöses Genre übt daher oft einen hohen Zauber auf uns aus, und wir erkennen in solchen Bildern, z. B. in der Idylle der heil. Familie, der heil. Nacht, seine reine Seele, sein ruhiges Gemüt, den Segen der Familie und 'trauten Häuslichkeit. Das ist's, was S c h m i d t dem Volke, inmitten dessen er sich, fern von den lauten Freuden und den Formen der Gesellschaft still bewegte, auch nahe führte, das ist's, was seine Bilder beim Volke so lieb und wert machte, da sie ihm eben mehr, als die Bilder anderer Meister verständlich sind; von seiner Kunst konnte man also gleich der der altdeutschen Schule sagen, sie war eine volksmässige. Dabei kam ihm auch ein gesunder Realismus zu Statten, der sich nährt und kräftigt an den Wurzeln eines gesunden Volkslebens, wodurch er sich ebenfalls von andern zeitgenössischen Meistern zu seinen Gunsten unterscheidet.

Nachdem wir den künstlerischen Lebenslauf S c h m i d t's und die Stellung seiner Kunst zum Geiste und zur Kunst seiner Zeit betrachtet haben, erübrigt uns noch, auf seine Werke näher einzugehen.

Die meisten derselben gehören, wie erwähnt wurde, in das Gebiet der religiösen Malerei. Bald sind es Martyrien der Heiligen, welche oft derb naturalistische Züge aufweisen, wie sie im vorigen Jahrhundert noch sehr beliebt waren; bald ist es eine mystische Komposition wie die der Anbetung des Lammes, bald eine allegorische, wie die vom Einen Gott und Einen Glauben, wenngleich er die Allegorie, welche damals nicht Alles mehr so überwucherte, dass der ursprüngliche Gedanke kaum mehr zu erkennen war, nur selten anwendete. Solche mystisch-allegorische Darstellungen sind als Deckenbilder in der Kremser Stadtpfarrkirche zu sehen. Von der Idylle der heil. Nacht oder der Geburt des Erlösers bis zu dessen Himmelfahrt, von der Geburt Mariens bis zu ihrem Tode

wird es kaum hervorragende Momente in dem Leben Jesu und Mariens
geben, die nicht, oft sogar wiederholt und in unveränderter Gestalt
durch seinen Pinsel dargestellt wurden. Die heil. Schrift des alten und
neuen Bundes, die Apostelgeschichte und die Heiligenlegenden sind ihm
ebenso unversiegliche Brunnen, aus denen er seine Stoffe schöpft. Vermöge
seines unstreitig bedeutenden Kompositionstalentes malte er auch nicht
gerne kirchlich-traditionelle und steife Einzelnfiguren der Heiligen, vielmehr führt er uns lebensvolle, oft dramatisch bewegte Handlungen vor.
So ist bei ihm, um an ein Beispiel zu erinnern, der heil. Johann von
Nepomuk nicht in den herkömmlichen Stellungen abgebildet, sondern
er führt ihn uns vor, wie er Arme, Kranke und Presshafte unterstützt
und tröstet, oder wie er in Wolken vor einem Kreuze knieend betet,
während unten auf der Erde Kranke und Arme an seinem Sarge um
Rettung und Hilfe flehen. Eine Lieblings-Komposition von ihm ist der
heil. Sebastian, von welchen Bildern einige zu seinen besseren zählen.
Genreartige Kirchenbilder, wie namentlich die heil. Familie, welche
den Malern die Gelegenheit bietet, die lieblichsten häuslichen Scenen
darzustellen, lagen gewissermassen noch mehr in der Peripherie seines
Schaffens; er behandelte sie daher auch gleich Perugino mit grosser
Vorliebe und Pietät, denn hier fand sich seine natürliche Begabung ganz
besonders zurecht, hier hatte sein religiöses Empfinden die rechte
Gelegenheit zu tief ergreifendem Ausdruck, der nur überboten wird von
jenem des Schmerzes in seinen Kreuzesbildern. Madonnen mit dem Kinde
giebt es von ihm verhältnismässig wenige. An Zahl weit geringer sind
aber die Bilder, deren Stoff der Profangeschichte und dem Alltagsleben
— Genre — entnommen ist. Scenen aus der römischen Geschichte enthielten Bilder, die sich einst in der Zebhauser'schen Sammlung befanden. Einige seiner Bilder, darunter jene, die er als Aufnamsstücke
für die Akademie der bildenden Künste in Wien malte und die heute
noch in der Gallerie daselbst sich befinden, haben mythologische Gegenstände zum Vorwurf, ebenso einige Freskenbilder. In diesen mythologisch-
allegorischen Darstellungen finden wir viele Anklänge an Rubens. Das
Porträt scheint er nur nebenbei behandelt zu haben.

Schmidt's Kompositionen machen keinen Anspruch auf Genialität;
doch giebt es unter ihnen vortreffliche Einzelnheiten, welche seiner
Phantasie alle Ehre machen und ihn über seine Zeitgenossen erheben.
So weiss er, der schon vom Hause aus zur Idylle neigte, Anmut und
Liebreiz in würdiger Weise auszudrücken; würde in solchen Bildern
noch die liebliche, naive Stimmung der landschaftlichen Staffage, welche
seine Zeit des Manierismus und der Effekthascherei nicht kannte, hinzu-

treten, so würde man mit Recht nicht anstehen, dieselben mit der
Schule Guido Reni's zu vergleichen. Ihrer giebt es nicht wenige von
ihm. Eine Maria voll holdseliger Anmut blickt uns entgegen aus dem
Bilde auf dem Kommunionsaltare der Stiftskirche St. Peter in Salzburg,
die überhaupt reich an guten Bildern von ihm ist. Wie anmutig hat er
nicht auch daselbst die heil. Theresia in der Verzückung dargestellt,
welcher Gegenstand durch Bernini's lüsterne Auffassung bereits in
einen gewissen Verruf gekommen war. Er hat damit eine Ehrenrettung
dieses Stoffes vollzogen. Einem Rosenkranze gleich, voll Anmut sind auch
die fünf Kapellenbilder im südlichen Seitenschiffe von St. Peter. Der
wunderbare Segen glücklichen Familienlebens spiegelt sich in der Geburt
Christi zu Oberberg (Krain) und im Stifte Rein in ergreifender Weise.
Ueberaus zart und naiv behandelt ist die heil. Familie beim Mittagstische
in Seitenstetten, ebenso die heil. Familie, von Engeln bedient, auf dem
Kommunionsaltare in St. Peter. Welch' wonnige Pracht und Seligkeit
liegt aber nicht in dem Dreifaltigkeitsbilde der Augustinerkirche in Salzburg, wie heiter und freudenvoll ist daselbst nicht auch die Auferstehung
des Herrn dargestellt, durch welchen der Tod besiegt, der Stachel
hinweggenommen ist. Die schwärmerische Verzückung der Maria Immaculata hat seit Murillo's unerreichter Meisterschöpfung die denk-
bar unnatürlichsten Wiederholungen erfahren. Welch' eine geheimnisvolle
Weihe liegt dagegen in Schmidt's Immaculata in St. Peter in Salzburg. Dieses Bild ist wirklich eine Perle, ein Bild voll Andacht und
kindlich frommen Geistes. Im fliegenden Mantel Mariens spielen neckisch
die Putten,[1]) während der Allvater des Himmels und der Erde die
überschattende Taube sendet. Auch wo das Aetherische, Zarte vor-
waltet, ist er ein Meister, der gleich den Italienern oder Niederländern
desselben Genres unsere Bewunderung erweckt; der Engel im englischen
Gruss zu Michelstetten (Krain), oder der Kopf der heil. Barbara in
Waidhofen an der Ips, ein wahrer van Eyk, oder der der heil. Ottilia
in der vormaligen Zebhauser'schen Sammlung, voll Anmut à la Guido's
Niobiden-Stellung, sie alle sind uns Beweise dafür. Aber nicht nur

---

[1]) „Aus den römischen Amoretten hatte die italienische Renaissance jene
reizenden Wesen gebildet, die zwischen Genien und irdischen Kindern die Mitte
halten, die uns menschlich nahegerückt sind durch menschliche Gestalt und
menschliches Gebahren und doch genug von ihrem transcendentalen Charakter
zeigen, um über allen menschlichen Zufällen und den Schranken der menschlichen Natur erhaben zu sein". Der Italiener nennt sie putti. Putten. — Sebald
und Barth. Beham, zwei Maler aus der deutschen Renaissance. Von Adolf Rosen-
berg, Leipzig 1875, p. 35.

Anmut, Liebreiz und Aetherisches, besonders an himmlischen Wesen, wusste seine Poesie so trefflich zu gestalten, sondern sie vermochte auch Momente in den trübsten Erscheinungen menschlichen Lebens derart zu verklären, dass wir mächtig ergriffen werden. Von solcher Wirkung ist die Postscene auf dem Hochaltarbilde in Krainburg, besonders in der sterbenden Mutter, die um das zu ihr hinanstrebende Kind zum letzten Male noch in mütterlicher Liebe den Arm geschlungen. In andern Bildern treffen wir wieder einen gesunden Realismus, der uns an die besten malerischen Leistungen dieser Art erinnert. Seine Magdalena am Fusse des Kreuzes in Maria Taferl ist mehr eine frische Bauerndirne, die büssend vor dem Kreuze kniet, nicht jene Büsserin mit aufgelöstem Haare und der Salbenbüchse, wie sie üblich dargestellt wird. Wie realistisch aufgefasst ist nicht auch die Magd im Barbarabilde zu Melk, oder jenes Weib aus dem Volke, das auf dem Altarbilde in Stein dem heil. Johannes von Nepomuk ihr todtes Kind entgegenstreckt, wie kräftig ist nicht der Schmerz dieses Weibes aus dem Volke ausgedrückt. Meistens sind es Figuren des Vordergrundes, die derartig behandelt sind. Freilich kann S c h m i d t in solchen Kompositionen auch derb naturalistisch werden — wir erinnern nur an verschiedene Marterscenen — mitunter bizarr, wie in der Kasteiungsscene des heil. Benedikt, namentlich in dem Beiwerke zu diesem Bilde.

Schon die hier angeführten Kompositionen lassen schliessen, dass S c h m i d t mit Vorliebe solche, die reich an Figuren sind, wählte. Hier entwickelte er mitunter eine solche Fülle von Leben und Bewegung, dass wir unwillkürlich an den phantasiereichen T i e p o l o erinnert werden. Die Anordnung der Gruppen und die Stellung der Figuren innerhalb dieser selbst verrathen viel Verständnis für dieses schwierige Problem in der Malerei; dabei ist die Bewegung ungezwungen, in der Scenerie jedes Haschen nach Effekt vermieden. Ein solches Gruppenbild voll phantasievollen Lebens, dabei von brillanter Farbe, ist z. B. die Skizze zu einem Altarbilde, darstellend die Marter des heil. Vitus, im Abteizimmer von St. Peter. Freilich darf man bei dieser vielbewegten Scene nicht zu sehr mit anatomischer Strenge in alle Einzelnheiten eingehen, als Ganzes ruft aber diese Komposition jedenfalls unsere Bewunderung hervor. Es ist nicht bekannt, ob diese Skizze je ausgeführt wurde. Im Allgemeinen zeigt sich bei S c h m i d t schon ein reinerer Schönheitssinn, ein edleres Maass der Auffassung als bei anderen Meistern seiner Zeit, nur sind sie wenig geklärt.

Dass unter seinen vielen Bildern auch Wiederholungen in der Komposition vorkommen, sei es desselben Gegenstandes, wie z. B. die Taufe Christi in Stein an der Donau und in jener zu Michelstetten,

3*

sei es einzelner Figuren, wie jener weiblichen Gestalt, die ganz in Schmerz aufgelöst ist und in beide Hände das weinende Antlitz birgt, im Katharinenbilde zu Michelstetten und im Barbarabilde zu Melk, darf nicht so sehr Wunder nemen. S c h m i d t steht hierin nicht allein in der Malerei; derartige Wiederholungen von Personen — Selbstkopierungen — finden wir selbst bei bedeutenden Meistern der italienischen Schule, noch weit mehr bei A l t o m o n t e, z. B. in dessen Altarbildern zu Herzogenburg.

Es wurde bereits hervorgehoben, wie eine der Hauptschwächen S c h m i d t's. nämlich jene in der Zeichnung, in seinem ersten Bildungsgange und in der Kunstweise seiner Zeit wurzelte. Seine Zeichnung zeigt auch wenig Bestimmtheit und Festigkeit in der Linie, insbesondere bei den Konturen, was dort noch mehr zu Tage tritt, wo sie, wie z. B. in den Verkürzungen, mit einer sorgsamen Beachtung der Perspektive Hand in Hand gehen sollte. Aber auch die Perspektive ist eine seiner schwächsten Seiten. Die Köpfe, wenngleich gut modelliert, sind zu klein, ebenso die Hände, letztere mitunter ganz auffallend verzeichnet. Viel trägt wol die Flüchtigkeit seines Schaffens daran die Schuld, denn er ist ein Fapresto par excellence in der Malerei.

Dagegen zeigt S c h m i d t im Kolorit eine eigene Stärke, die ihn über andere Meister seiner Zeit erhebt, ja er unterscheidet sich gerade durch die Eigentümlichkeiten desselben derart von ihnen, dass er auf den ersten Blick zu erkennen ist. Das blasse Rot, sowie das in's Meergrüne schillernde, blasse Blau sind unbestimmte Töne, die nur bei ihm und so häufig gefunden werden. Die Töne seiner Hauptfarben sind nie gesättigt und tief, weshalb sie weich und harmonisch wirken. Saftige, blendende Farben, die das Auge fesseln, finden sich nur selten, Bilder von Farbenpracht, wie jenes der Mariä Verkündigung in der einstigen Zebhauser'schen Sammlung oder St. Benedikt im Mittelstifte von St. Peter in Salzburg sind selten. Sehr hell zeigt er sich wieder in den Silbertönen. wie der Engel auf dem Bilde des heil. Josef in Maria Taferl beweist. Heiter und doch dabei feierlich in der Farbe ist er auf dem Dreifaltigkeitsbilde in St. Peter, und von heller Farbenpracht ist der heil. Vitus daselbst. Wenn aber auch manche seiner Bilder ohne bestimmte, dicidierte Konturen, ohne bestimmte stoffliche Farbe sind, so wohnt ihnen doch ein nicht geringer Zauber der Farbe inne, wie dem bekannten Kommunionsbilde in St. Peter.

C o r r e g g i o's Helldunkel hat in der italienischen Schule viele und nicht gewöhnliche Nachahmer gefunden. Ob nun S c h m i d t mehr das Helldunkel im Geiste der Italiener nachgeahmt. oder jenes der grossen

Niederländer, ist schwer zu sagen; vielleicht hat er Rembrandt's Meisterschaft darin sich zum Vorbilde genommen, da er in der Radierung dieses Meisters Manier des Helldunkels vor Augen hatte. So viel ist jedoch gewiss, dass seine Technik des Helldunkels in einzelnen Bildern geradezu eine bedeutende genannt werden kann. Eines seiner schönsten und besten Bilder dieser Art ist das linke Seitenaltarbild in Maria Taferl, darstellend den heil. Josef, wo vom Jesuskinde, das Maria im Schoosse hält, ein magisches Licht ausstralt. Auch einige Bilder der Zebhauser'schen Sammlung sind wegen solcher Lichteffekte anzuführen, so der heil. Sebastian, wo Fackeln das Dunkel der Nacht erhellen, oder „die Kupplerin" (à la Hogarth), deren Gesicht vom Lampenlicht beleuchtet ist. Das Licht konzentriert sich auf Eine Person auch im Bilde „Johannis Enthauptung" in der Stiftskirche St. Peter in Salzburg. Im Abteizimmer dieses Stiftes sind ebenfalls zwei Bilder solcher Art: „Die Kreuzigung Christi", ein Bild von grosser Schönheit, wo aus der nach des Herrn Tod eintretenden Finsternis erst nach und nach die Figuren geisterhaft hervortreten, und die „Erweckung des Lazarus", worin klug verteilte Lichtpartien durch Fackellicht vorkommen. Seine Kreuzesbilder, die fast alle zu den besten seiner Werke zählen, haben den Charakter jenes in St. Peter; hier ist er auch in der Farbe milde, in der Leidensdarstellung so massvoll, wie die Anfänger der Bologneserschule, Guido Reni und Domenichino, und doch erinnert mancher Zug, besonders das Helldunkel, lebhaft an Rembrandt. Ein Bild von schöner Farbenwirkung dieser Art ist auch das grosse Refektoriumsbild in St. Peter, die Speisung der 5000 Menschen durch Christus mit wenigen Fischen und Broden, in welchem das von Abendglut erleuchtete galiläische Seeufer gegen die bereits in die Nacht versinkende Landschaft des Hintergrundes meisterhaft durchgeführt ist. Von magischer Wirkung ist dagegen Christus im Sturme auf dem Meere; gegenüber dem Schrecken durch Woge und Welle und der umnachtenden Finsternis, gegenüber der hohen Angst der Jünger fesselt unsern Blick das ruhige, durch Blitze erleuchtete Antlitz des Gottessohnes, der nunmehr dem Winde und dem Wasser Stille gebieten wird. Geisterhaftes Helldunkel hat unser Meister auch angewendet in der „Versuchung des heil. Benedikt"; mit dem Flammenschwerte treibt der strafende Engel die Geister der Versuchung in die Flucht, die Flügel und die flatternde Gewandung sind überdies durch pikante schillernde Lichtblicke erhellt. Solche Streiflichter wusste Schmidt noch öfters geschickt anzubringen. Die Stimmung, die er dadurch hervorruft, ist eine tief ernste, fesselnde. Aber solche Effekte sind es nicht allein, die er zu üben versteht. Auch freudige, im hellsten Sonnenschein wonnevolle sind ihm eigentümlich, so in St. Veits Marter und im Votivbild zu Maria Plein.

Schmidt war in seiner Kunst überaus handfertig und von staunenswerter Fruchtbarkeit, er entfaltete eine schöpferische Gabe, welche die Zahl seiner Bilder gewaltig anwachsen liess, und besass dabei oft gleich Martin Knoller in Mailand eine farbenreiche, dreiste Mache.[1] Fuessli kann in seinem allgemeinen Kunstlexikon, wo er auf die Zahl von Schmidt's Bildern zu sprechen kommt, sich der Bemerkung nicht enthalten: „schrecklich zu hören". Wie von Tintoretto gesagt wird, dass er einen ganz respektablen Quadratinhalt von Mauerflächen mit Gemälden bedeckt habe, ebenso kann von Schmidt behauptet werden, er habe ein grosses Stück Leinwand mit Gemälden bedeckt. Was Kosmas Damian Asam für Baiern gewesen, war er für Oesterreich, und eine grosse Zahl von Kirchen und Klöstern sind mit seinen Gemälden versehen. Die Fresken abgerechnet, beträgt die Zahl seiner Bilder gewiss mehr als tausend, wovon wol nicht alle bekannt wurden und auch kaum bekannt werden dürften; Pillwein spricht in seinem Lexikon gar von 4000, was sicher übertrieben ist. Freilich gieng ihm das Malen so fast von selbst von Statten, aber er benützte auch jede Minute. Es wird erzählt, dass er klafterhohe Bilder an einem Tage untermalte. In einem Alter von 76 Jahren malte er das Porträt eines der schätzbarsten Bürger und Kunstfreunde in Graz; in einer Stunde legte er es an, untermalte es dann und vollendete es ohne ein nochmaliges Sitzen. — Er liess keine Kunde von seiner Tür vergeblich weggehen; er hielt die Bestellung des schlichten Dorfpfarrers für nicht geringer, als die des Prälaten und Adeligen. Bei der Masse von Aufträgen, die er übernam und bewältigte, war es ihm freilich nicht möglich, allen Werken das gleiche Interesse, dieselbe Sorgfalt der Ausführung zuzuwenden. Darum hat er sich, wie gesagt, häufig wiederholt und ist sein eigener Plagiator geworden. Manche seiner Bilder sehen auch nur wie Skizzen aus, die eben eine Idee festhalten sollen, andere wieder

---

[1] In gleicher Weise äussert sich R. v. Eitelberger in seinen schon citierten kunsthistorischen Schriften über die Wiener Barockmaler damaliger Zeit, wie folgt: „In diesen lernt man eminente Routinisten kennen mit grossem technischen Geschick, deren Stylrichtung vorherrschend dekorativ, deren Maltechnik ein Gemisch von der venetianisch-neapolitanischen und zugleich der damaligen deutschen Schule war, Maler, welche durch ihr technisches Geschick, ihre Leichtigkeit der Produktion und Kenntnis der Perspektive vorzüglich geeignet waren, die Paläste der Grossen, die Kirchen der Klöster und der Städte mit grossen Fresken und Altarbildern zu schmücken." l. p. 5.

machen den Eindruck, als wenn sie nach dem Preistarif flüchtig und
fabriksmässig, mehr rasch und wohlfeil, als sorgfältig ausgearbeitet.
Wo er aber mit Vorliebe seinen Gegenstand behandelte, oder wo der
entsprechende Preis für das Werk bezahlt wurde, da zeigt sich seine
Grösse; dies darf nicht auffallen, da es etwas Natürliches ist und selbst
bei den ersten Meistern vorkommt. Tintoretto und Schongauer thaten ein
Gleiches, und auch Rothmayer malte, wie Nagler sagt, schlechter, wenn er
schlecht bezahlt wurde, was oft der Fall war. Doch hiesse es S c h m i d t
ein Unrecht anthun, wollten wir diese Kehrseite zu grell beleuchten,
denn auch für ihn gilt des Dichters Wort:

„Ich will gewogen sein mit gleicher Wage.
Wie hoch mein Anspruch, wie tief mein Fall."

Die Bilder der ersten Zeit sind alle von seiner Hand; als aber
die Bestellungen sich mehrten und auch sein Ruf sich verbreitete, kamen
Schüler herbei, und so erklärt es sich, dass gute Schülerarbeiten, an
denen seine helfende Hand zu erkennen ist, oft für seine Werke ausgegeben werden. Es dürfte daher die Anname gerechtfertigt sein, dass
nur Bilder, die mit seinem Namen und mit der Jahreszahl versehen
sind, von ihm ganz allein ausgeführt wurden. Häufig werden ihm auch
Bilder zugeschrieben, die eigentlich von seinem Zeitgenossen Josef Georg
Schmidt herrühren. Ein Beispiel für viele ist das Hochaltarbild der Kirche
in Meidling, das stets für einen „Kremser Schmidt" gegolten hat: wie
aber die betreffende Anmerkung im Bilderverzeichnisse dieser Schrift
beweist, ist es von Josef Georg Schmidt angefertigt worden.

In Niederösterreich, wo des Meisters Wiege gestanden, ist auch
die Mehrzahl seiner Bilder zu finden, darunter viele Altarbilder von
bedeutender Grösse. Ausserdem besitzen Oberösterreich, Steiermark,
Mähren, Salzburg, Tirol, Kärnten, Krain und Ungarn Bilder von Johann
Martin S c h m i d t, darunter manche Perle seiner Kunst.

In Niederösterreich kann das Viertel ober dem Wienerwalde die
meisten Bilder von ihm aufweisen; die Klöster Seitenstetten, Melk und
Göttweig, deren Pfarren damals viele neue Altarbilder erhielten, haben
S c h m i d t gleich Rothmayer und Gran zahlreiche Aufträge erteilt.
Besonders reich an seinen Bildern ist das Stift Seitenstetten, dem in
dieser Beziehung nur das Benediktinerstift St. Peter in Salzburg an die
Seite zu stellen ist. Im Refectorium zu Seitenstetten befinden sich allein
19 Bilder, welche die Gründung des Klosters, Christus am Kreuz, Begebenheiten aus der heil. Familiengeschichte und der heil. Schrift, wie
sie der Bestimmung des Lokales entsprechen, und Bildnisse von vier
Aebten zum Gegenstand haben; über der Eingangstür befindet sich ein

grösseres, mit vielem Fleisse ausgeführtes Querbild, darstellend den Besuch des heil. Benedikt bei seiner Schwester Scholastica. Die für diesen Saal gemalten Bilder wurden unter Abt Dominik Gussmann (1747—1777) und in dessen Auftrage wahrscheinlich seit dem Jahre 1750 an ausgeführt. Die Gemäldegallerie dieses Stiftes besitzt dann von S c h m i d t ungefähr 30 Bilder von sehr verschiedenem Werte, von solchen, denen man die Gelegenheitsarbeit auf den ersten Blick ansieht, bis zu jenen, die äusserst sorgfältig im Detail gearbeitet sind und aus denen auch die Begeisterung des Meisters für den Gegenstand zu ersehen ist. Der Kunstfreund und Kenner findet daher in Seitenstetten vielfache Gelegenheit, S c h m i d t so recht in seinen Schwächen und Vorzügen an einer Stelle studieren zu können. Sehr schöne Altarbilder von ihm sind in den Pfarrkirchen zu Kilb, Gresten (Schmidt's letztes Werk kurz vor seinem Tode), Königstetten, Melk, Pechlarn, auf dem Sonntagberg und in Waidhofen an der Ips. Im Viertel ober dem Mannhartsberge sind vor Allem die Bilder in den Kirchen zu Krems und Stein zu erwähnen, dann jene in Dautendorf, Loiben, Maria Taferl und Tiernstein. Im Viertel unter dem Mannhartsberge ragen hervor die Bilder zu Hausleuthen, Roggendorf und Strass. Im Viertel unter dem Wienerwalde finden sich nur wenige Bilder von S c h m i d t. Ausser Wien, wo die bedeutendsten in der Kapelle des Melkerhofes und in der Pfarrkirche zum heil. Egyd in Gumpendorf sind, kommen Bilder unseres Meisters nur noch in der Pfarrkirche in Schwechat vor, welche als tüchtige Leistungen hervorragen. In Oberösterreich, das nächst Niederösterreich viele und gute Bilder aufzuweisen hat, sind vor Allem zu nennen die Bilder im Stifte Kremsmünster und in Spital am Pyhrn, dann jene in Feldkirchen (im Mühlkreise), Lambach, St. Leonhard (bei Spital am Pyhrn), Vorderstoder, Walding und Weissenkirchen. In Steiermark finden sich gute Bilder in Graz, Göss, Marien Trost, Obernburg, St. Oswald, Rein (Stiftskirche), Rottenmann und Strassengel. In Salzburg sind höchst bemerkenswert die Bilder in der Stiftskirche St. Peter, dann die in der Wallfahrtskirche zu Maria-Plain. Was Kärnten betrifft, so finden sich gegenwärtig wertvolle Bilder von ihm im Benediktinerstift St. Paul. Dieselben waren bis zum Jahre 1809 in dem unter Kaiser Josef II. aufgehobenen Stifte der regul. Augustiner-Chorherrn zu Spital am Pyhrn, für welches sie auch angefertigt wurden. 1807 wurden die Benediktiner aus dem aufgehobenen Stifte St. Blasien im Schwarzwalde nach Spital versetzt, verblieben daselbst aber nur zwei Jahre und übersiedelten dann nach St. Paul. Bei dieser Gelegenheit kamen auch obige Bilder nach St. Paul. In Krain nennt die Pfarre Michelstetten sehr gute Bilder unseres Meisters ihr

Eigen. Für den Dom zu Waizen (Ungarn) hat er das Hochaltarbild und drei Seitenaltarbilder angefertigt, welche seinen tüchtigsten Leistungen zuzuzählen sind. In Mähren hat die Kathedralkirche zu St. Peter in Brünn zwei treffliche Seitenaltarbilder von S c h m i d t, wie denn auch die Kirchen zu Obrowitz, Königsfeld, Pulgram und Wranau gute Altarbilder seinem Pinsel zu verdanken haben.

Dass von S c h m i d t, der, wie schon erwähnt, zu den Schnellmalern zu zählen ist und auch zahlreichen Aufträgen zu entsprechen hatte, viele Staffeleibilder im Privatbesitze, besonders bei den Bürgern der Städte Krems und Stein und Umgebung sich befanden und teilweise noch befinden, ist natürlich. Er selbst besass zu Hause viele Bilder, die aber nach seinem Tode meistens ausserhalb Niederösterreich verkauft wurden. Wir haben einige solcher Bilder im Privatbesitze in das Verzeichnis, das im Anhange enthalten ist, aufgenommen, ohne dass aber ein Anspruch auf Vollständigkeit auch nur im entferntesten Sinne erhoben wird oder erhoben werden kann; denn diese wäre, da S c h m i d t's Bilder in alle Winde zerstreut sind, nicht zu erreichen gewesen. Zudem ist Vorsicht hierbei ganz besonders anzuwenden, weil gerade unter den im Privatbesitze befindlichen Bildern die meisten nicht sein eigenes Werk sind, oft nur mehr weniger gelungene Schülerarbeiten, und bei der Umfrage will jeder Besitzer in seinem Bilde gern einen echten „Kremser Schmidt" sehen. Wir haben daher nur solche Bilder in das Verzeichnis aufgenommen, die wir — und das sind die meisten — selbst gesehen haben, oder bei denen wir unserm Gewährsmann volles Vertrauen entgegen bringen konnten.

Viele der Bilder S c h m i d t's — namentlich die Altarbilder — sind bereits recht schadhaft geworden, sei es durch künstliche Einflüsse, wie ungeschickte Restaurierung, sei es auf natürlichem Wege. Die feuchten, oft sogar nassen Wände der von allen Seiten freistehenden Kirchen begünstigen die Bildung des Schimmels, der dann in die Leinwand eindringt, wie dies bei den sechs tapenartigen Wandbildern in der Stiftskirche zu Seitenstetten der Fall ist. Solche Bilder sind oft kaum mehr zu retten, und kamen hier und da schon neue, oft unbedeutende Bilder an ihre Stelle, wie 1837 das von S c h m i d t gemalte Hochaltarbild in Gresten, der heil. Nikolaus, durch ein anderes ersetzt wurde. Manche Bilder haben wieder durch den roten Untergrund, der zersetzend auf Leinwand und Farbe wirkt und durch die Venetianer Maler in Gebrauch kam, argen Schaden gelitten Andere wieder, und zwar viele haben schon stark nachgedunkelt; es ist dies eine Eigentümlichkeit der S c h m i d t'schen Bilder, die den Siccativen zuzuschreiben ist, worunter er häufig auch Bleizucker verwendete. Traurig ist es aber, wenn wir sehen, wie oft ganz gute Bilder durch ungeschickte Restaurirung arg beschädigt, beinahe ganz entstellt, ja vielleicht für immer ruiniert wurden. So sind zwei Bilder in der Gemäldegallerie des Stiftes Seitenstetten, darstellend Christus in Emaus und Christus im Hause des Lazarus, fast ganz entstellt; doch könnten sie noch gerettet werden, wenn es gelänge, den von der Hand eines — Tischlers dick aufgestrichenen Firniss zu entfernen; ebenso wurde daselbst durch zwei mehr als ungeschickte Restaurateure das grosse Bild: Christus als Gast im Hause des Pharisäers Simon arg verletzt. Andere Bilder haben auch durch rohe Uebermalung stark gelitten. Mit Genugthuung muss es uns daher erfüllen, wenn es vorkommt, dass Bilder unseres Meisters, die Schaden gelitten haben, solchen Malern anvertraut wurden, welche es verstanden haben, sie wieder in guten Stand zu setzen, wie dies bei den Altarbildern in Maria Taferl durch Aigner, in Kilb durch Pitzer, in Ochsenburg und anderwärts der Fall gewesen.

Schmidt malte nicht allein in Oel, sondern er übte auch die Pastellmalerei, in der er es zu grosser Fertigkeit gebracht zu haben scheint; wenigstens sind die wenigen uns erhaltenen Bilder dieses Kunstzweiges zart und wirkungsvoll behandelt, und auch die Technik ist, so viel wir aus dem einen noch ganz gut erhaltenen Bilde, nämlich dem Brustbilde des heil. Johannes von Nepomuk mit dem geradezu bewundernswerten Gesichtsausdrucke, auf dem Kreuztischchen beim Hochaltare in Waidhofen an der Ips ersehen, eine überaus sorgfältige. Leider sind die Pastellbilder auf Pergament, Scenen aus der Geschichte des egyptischen Josef, welche sich früher bei Herrn Schmidt in Stein befanden, gegenwärtig aber im Besitze des Herrn Notars Anton Stribel in Mautern sind, in einem so schadhaften Zustande, dass sie kaum mehr restauriert werden können. So weit einige derselben es noch erkennen lassen, ist obiges Urteil über Schmidt's Pastellmalerei auch auf sie anzuwenden.

Seitdem nach der zweiten Türkenbelagerung Wiens (1683) und nach den glänzenden Siegen eines Markgrafen Ludwig von Baden, Kurfürsten Max Emanuel von Baiern und Prinzen Eugen auf den ungarischen und kroatischen Schlachtfeldern die imminente Gefahr vor den Türken für immer abgewendet war und ruhigere Tage voll Vertrauen in die Zukunft wiedergekehrt waren, da begannen auch die bildenden Künste, die seit der Glaubensspaltung und dem grossen deutschen Kriege in der Verwilderung der Geister und Sitten nur ein kümmerliches Dasein gefristet hatten, neu aufzuleben. Seit dem Beginne des XVIII. Jahrhunderts — von

wo an wol der spanische Erbfolgekrieg den Ländern des Hauses Habs-
burg noch schwere Opfer auferlegte und die Pest 1713 grossen Schrecken
und Elend verursachte —. namentlich aber in Karl's VI. Tagen stand
der Architektur und mit ihr der monumentalen Malerei wieder ein reiches
Feld der Thätigkeit offen. Erstere, wurzelnd in später Nachblüthe
italienischer Renaissance, errang den Preis über ihre Schwester, die Malerei;
aber auch diese schmückte wieder ihre Schwester mit Gaben, welche uns
heute noch als Beweise edlen Wetteifers, aber auch eigenartigen Schaffens
in jenen Tagen gelten. Werke wie der Neubau der Burg auf dem Josefsplatze,
das Liechtensteinpalais in der Rossau, das Belvedere, die Kuppelbauten
der Peters- und Karlskirche in Wien und der Stiftskirche in Melk, die
imposanten Stiftsbauten zu Klosterneuburg, Herzogenburg, Göttweig, Melk,
Geras, St. Florian u. a. beweisen, welch' ein reges Schaffen von monumentalen Bauten, die ebenso den Bauherrn wie den Meister ehren, damals
herrschte; sie werden in der Geschichte der Architektur des XVIII. Jahrhunderts immer einen ehrenvollen Platz einnemen. Da gab es nun auch
für die Malerei grossen Styles vollauf zu thun, und von den Decken und
Wänden jener Kirchen und Paläste blicken heute noch ihre Zeugen auf
uns hernieder.

Die Geschichte dieser Zeit und ihrer Künstler ist noch viel zu
wenig gewürdigt worden, noch harren wir der Monographien über F i s c h e r
von E r l a c h, Lucas von H i l l e b r a n d t, P r a n d a u e r, S t r u d e l, Jakob
van S c h ü p p e n, P o z z o, A l t o m o n t e, R o t h m a y e r, Paul T r o g e r,
Daniel G r a n, M a u l p e r t s c h, die Schöpfer jener Werke. Zuerst waren
es die Italiener P o z z o, B e l u c c i und F a n t i, deren Arbeiten in der
St. Annakirche, in der Universitätskirche und Dominikanerkirche (Pozzo),
in den Decken der Liechtensteingallerie (Belucci) und in der Architektur
des Belvedere (Fanti) zu finden sind, dann folgten die bei den Italienern
in die Lehre gegangenen Oesterreicher, wie R o t h m a y e r, der die
Plafond- und Kuppelbilder der Peters- und Karlskirche in Wien und der
Stiftskirche in Melk ausgeführt hat, Daniel G r a n, der die Schule des
Sebastiano Ricci in Venedig und des Solimena in Neapel besucht hatte,
und von dem die Fresken im grossen Saale der Hofbibliothek, des
Saales im kaiserlichen Lustschlosse zu Hetzendorf, die Plafondbilder in
der Kirche auf dem Sonntagberge, die Bilder im Sommerrefectorium des
Stiftes Klosterneuburg und die Wand- und Deckengemälde in der Stifts-
jetzigen Kathedralkirche zu St. Pölten herrühren. Diese Meister waren
die Vorläufer und Vorbilder S c h m i d t's, die er in Wien, im nahen
St. Pölten, Göttweig, Herzogenburg, Melk studieren konnte und entstehen
sah. Seine nächsten Zeitgenossen, die in hervorragender Weise der Wand-

malerei oblagen, waren Paul T r o g e r, der den grossen Saal und die
Bibliothek im Stifte Geras, desgleichen im Stifte Altenburg mit Bildern
belebte, den herrlichen Bibliotheksaal im Stifte Melk, die Colomanni-
kapelle und die Sommersakristei daselbst schmückte, die Deckengemälde
des grossen Stiegenhauses im Stifte Göttweig und die Wandgemälde in
der Wallfahrtskirche Maria Dreieichen bei Horn schuf, Martin A l t o -
m o n t e, der das Refectoriumsbild im Stifte Heiligenkreuz, Jesus speist
5000 Menschen mit wenigen Fischen und Broden, malte und von dem auch
die Plafondbilder in der Stiftskirche und im grossen Saale zu Herzogenburg herrühren, endlich Anton M a u l p e r t s c h, der viele Kirchen in
Niederösterreich und Mähren mit Freskenbildern schmückte, als Freskant
unter seinen Zeitgenossen das Meiste schuf und auch eine besondere
Bedeutung erlangte. Füssli sagt in seiner naiven Kritik über diesen: seine
Kompositionen haben grosse Gedanken, in seinen Figuren herrscht Geist
und Feuer, er wisse Licht und Schatten wol zu verteilen und ihnen
(sic) ein eigenes Kolorit zu geben, das, obschon es bunt ist, doch selbst
auf Kalk angenem bleibt und Unwissende bezaubert. M a u l p e r t s c h
malte also in seinen Fresken mit Vorliebe religiöse Allegorie, wobei er
eine nicht geringe Kenntnis des Geistes der Dogmen an den Tag legt.
Hierin hat nun S c h m i d t eine Aehnlichkeit mit M a u l p e r t s c h, wie
die Deckenbilder der Stadtpfarrkirche in Krems bezeugen, welche uns
die Anbetung des Altarssakramentes durch die Engel und die drei
göttlichen Tugenden in vier Feldern versinnlichen, denen sich in einem
fünften oberhalb des Chores die heil. Cäcilia mit musicierenden Engeln
anreiht. Am gedankenreichsten ist wol die Darstellung der drei göttlichen
Tugenden, Glaube, Hoffnung und Liebe. Der Glaube manifestiert sich
da in dem Siege des Kreuzes über Judentum und Heidentum. Das Kreuz,
umgeben von Engeln, steht im Strahlenkranze auf einer Anhöhe, hinter
ihm das erste Menschenpaar. An der linken Seite des Kreuzes erhebt
Moses die Gesetztafeln, an der rechten Seite hält eine Frauengestalt —
die von Christus gestiftete Kirche — über welcher der heil. Geist in
Gestalt einer Taube schwebt, ein Buch, worin die Worte des Apostels
Paulus an die Epheser: „Unus Dominus, una Fides" (Ein Herr! Ein
Glaube!) zu lesen sind. Unter dem Kreuze bekämpft ein Engel, mit
dem Schafte eines dreifachen Kreuzes, eine riesige, kopfüber stürzende
Gestalt, den Unglauben. Der Heide mit dem Götzenbilde und der jüdische
Oberpriester weichen vor jenem Zeichen zurück. Die Hoffnung — eine
Frauengestalt — stützt sich mit der linken Hand auf einen Anker, mit
der rechten zeigt sie auf eine in hellen Wolken schwebende Krone; vor
ihr knien reuige Sünder, hinter diesen hilft ein Engel einem Manne aus

dem Feuerofen (der Sünde oder Trübsal). Hinter der Hoffnung sitzt eine Frauengestalt mit einem Lamme im Schoosse, und seitwärts vertreibt ein Engel, ausgerüstet mit Schild und Schwert, hässliche Thiere (die bösen Geister). Ein Dreieck im Lichtglanze, das drei Feuerzeugen trägt, deutet auf die Liebe des dreieinigen Gottes; ringsherum schweben Engeln, von denen einer Gott ein brennendes Herz (Liebe der Engel zu Gott) entgegenbringt; eine Frau mit zwei Kindern, die ebenfalls Gott ein brennendes Herz (Liebe der Menschen zu Gott) entgegenhält, ist ein gleiches Symbol der Liebe; links unten im Bilde ist der barmherzige Samaritan (die Nächstenliebe), als das Symbol der Liebe der Menschen untereinander.

Wie in der Komposition, so hat S c h m i d t auch im Kolorit mit M a u l p e r t s c h ähnliche Züge. Seine Fresken in den Kirchen kennen wir jetzt nur mehr nach den Restaurierungen, daher die an Gebäuden in Krems und Stein und Umgebung befindlichen, wenn sie auch durch die Witterungseinflüsse schweren Schaden gelitten haben, seine Eigentümlichkeiten auf diesem Gebiete der Malerei besonders erkennen lassen. S c h m i d t und M a u l p e r t s c h haben aber nicht den gesättigten Ton der Italiener oder deren Nachahmer; ihr Kolorit besteht vielmehr in hellen, lichten Tinten und verhält sich darum zu jenem der Italiener wie in der Staffeleimalerei das Aquarell zum Oelbild. Im Ganzen genommen ist aber M a u l p e r t s c h im Fresko voraus, hat auch weit mehr Gelegenheit gehabt, gute Vorbilder zu studieren, und was die Hauptsache ist, sich darnach zu üben. Das Gleiche muss von R o t h m a y e r in dieser Richtung gesagt werden. — S c h m i d t's Fresken finden wir ausser Krems und Stein und Umgebung (Weinzierl, Loiben, Tiernstein) nur noch in der Kapelle des Melkerhofes in Wien, dann in Hausleuthen, Kirchberg am Walde, Retz, im Stifte St. Florian in Oberösterreich und in Laibach.

S c h m i d t führte aber nicht nur den Pinsel, sondern auch die Nadel. Freilich sind es nicht viele Radierungen, die wir seiner Hand verdanken — wir haben im Ganzen nur 18 eigenhändige Radierungen konstatiert — auch sind es keine hervorragenden Leistungen, aber Mehreres darunter verräth immerhin eine gute Schule und Uebung. Was den Inhalt betrifft, so sind seine Radierungen nur Reproduktionen seiner Bilder. Aus sehr früher Zeit, nämlich aus dem Jahre 1749, ist mir noch eine eigenhändige Radierung von ihm in der Kupferstichsammlung der k. k. Hofbibliothek in Wien bekannt geworden: Johannes von Nepomuk, wie er Almosen an Arme und Presshafte verteilt (Monogramm: Mart. J. Schmidt inv. et sculpr. 1749). S c h m i d t radierte in R e m b r a n d t's und Castiglioni's Manier, ohne aber seine Vorbilder zu erreichen; am meisten sind ihm seine mythologischen Scenen gelungen, die Kreuzabnahme (1779) und die Figur eines Orientalen mit einer Feder auf der Mütze, der Mann mit dem Hund u. a. Zahlreich dagegen sind die Radierungen von Schülern Schmidt's nach seinen Bildern, besonders die von P. Kolomann Fellner, der auch ein Schüler des berühmten Kupferstechers Schmuzer und Benediktiner im Stifte Lambach war, Paul Haubenstricker, F. Landerer u. a. Diese Radierungen haben ausser dem künstlerischen noch einen historischen Wert, indem sie uns mit teils bereits verloren gegangenen, teils mit schwer zugänglichen Bildern Schmidt's, welche sich im Privatbesitz befinden, bekannt machen. Daraus ersehen wir auch, wie reich immer noch sein Schaffen abseits der religiösen Malerei gewesen und welch' ehrenvolle Aufträge ihm nach auswärts zu Teil geworden sind.

Schmidt hatte auch Schüler um sich versammelt, denen er Unterricht in seiner Kunst erteilte; sie erreichten aber den Meister bei Weitem nicht. Von ihnen sind uns bekannt: Anton Mayer aus dem Geburtsorte Schmidt's, nämlich Grafenwörth, stammend; derselbe hat die 14 Leidensstationen in der Kirche zu Grafenwörth gemalt; Mitterhofer, von dem die Fresken in der Kapelle der Kirche zu Strass sind; Rudorf, von dem das Hochaltarbild in Roggendorf stammt, dann der schon genannte Haubenstricker, einer seiner begabtesten Schüler, und der mehr ideal und schwärmerisch gestimmte Wetzl aus Tuln, von dem unter andern mehrere Bilder in Kilb gemalt sind. — Auch entfernter stehende Kunstjünger wurden durch Schmidt angeregt und bildeten sich nach ihm, so dass man in diesem Sinne, aber nur in diesem Sinne, von einer Schule Schmidt's sprechen kann. Es haben nämlich die Künstler Fellner, Haubenstricker, Kauperz, Ferd. Landerer u. a. Radierungen nach seinen Bildern erscheinen lassen.

Fassen wir nun am Schlusse unserer Darstellung einige Ergebnisse derselben kurz zusammen.

Johann Martin Schmidt war seinem Vaterlande und seiner Erziehung nach ein Deutscher. Von väterlicher Seite mischte sich fränkisches Element mit dem österreichischen mütterlicherseits, und er verleugnete dieses echt deutsche Wesen, das in der elterlichen Erziehung noch gestählt wurde, in der Kunst nicht: daraus entsprang später auch seine Vorliebe für die niederdeutsche Schule, für Rembrandt und Rubens. Der französische Barockstyl, wie er ihn in seinen ersten Studien kennen gelernt hatte, vermochte diesen deutsch-österreichischen Grundzug seines Denkens und Fühlens, die heitere, gemütliche Auffassung der Kunst und des Lebens, welche in der gleichen Weise aus Haydn's Werke uns entgegenlacht, nicht zu verwischen; diesen Zug weisen seine gereifteren Werke immer mehr auf, er wird das Wesentliche in denselben, während das französische Barock, wie es überhaupt die damalige Zeit beherrscht, nur im Aeusserlichen, im Formellen haften bleibt.

Mit diesem deutschen Wesen übereinstimmt ganz sein religiöser Sinn, geweckt und genährt in den Erziehungsprincipien des elterlichen Hauses, darum ist auch die religiöse Seite charakteristisch in seiner Kunst, sie übt er noch bis zum letzten Bilde kurz vor seinem Tode. Er ist aber religiös, wie es eben nur ein Deutscher zu sein vermag, tief und wahr, und seine Bilder sind mit Aufrichtigkeit, Wahrheit und Andacht gemalt, dabei nicht überschwänglich und gefühlsselig. Wie Franz Reber von Führich richtig bemerkt, dass ein religiöser Maler Religion haben muss, da er ohne diese für seinen Gegenstand kein formales Interesse habe, so gilt das auch von Schmidt. Auch er war religiös wie Overbeck, Cornelius, Steinle, Führich u. a., aber seine Frömmigkeit war mehr eine kindlich einfache, verbunden mit heiterem Sinn, gerade so wie sie aus seinen Bildern zu uns spricht und wie wir sie auf einem andern Gebiete der Kunst, nämlich in Haydn's Messen wieder finden, während die jener Meister in der strengen Schule der religiösen Klassiker in Italien, wie sie seit Giotto bis Raphael geübt wurde, oder in der tief innigen Auffassung und in den ernsten Formen der alten deutschen Meister wurzelte.

Schmidt's tieferer Gehalt seiner Kunst liegt also in jenen beiden Momenten, im österreichisch-deutschen Wesen, mithin in einer volkstümlichen Art, und in der religiösen Gesinnung; sie bilden seine Individualität, sozusagen seine geistige Lokalfarbe. Seine profanen Kompositionen reichen auch an die religiösen nicht heran, wenngleich jene treffliche Anlagen, warme Empfindung und scharfe Beobachtung, besonders in den Porträts verrathen.

Schmidt hatte seine Studien im Zeitalter des Barockstyles und des Eklekticismus, also an der Grenzscheide verschiedenartiger und sich bekämpfender Elemente vollendet. Dieser Eklekticismus tritt auch bei ihm überall zu Tage, besonders in der Komposition und im Kolorit. Wie bei Martin Knoller, Mengs u. a. enthält auch seine Kunst viel Ungleichartiges, einen nur je nach einem Vorbilde erregten Anlauf, bald zum Gewaltigen des Rubens und Rembrandt, bald zum Lieblichen des Coreggio.

Aus Allem geht nun hervor, dass Schmidt zu den bedeutenden Künstlern seiner Zeit gehört, ja diese in vielen Eigenschaften noch über-

trifft, dass er aber auch zu jenen ehrenwerten, begnadeten Künstlern
gehört, deren Werke seiner Zeit Anerkennung in Oesterreich gefunden
haben. Viele Kirchen, speciell in Niederösterreich, verdanken ihm gute
Altarbilder: wo sie entfernt wurden, hat man selten bessere an ihre
Stelle gesetzt.

Verzeichnis der Werke.

(**I. Oelgemälde.** 1. In Niederösterreich. 2. In Oberösterreich. 3. In Salzburg. 4. In Tirol. 5. In Kärnten. 6. In Steiermark. 7. In Krain. 8. In Ungarn. 9. In Mähren. — **II. Fresken.** — **III. Radierungen.** — **IV. Zeichnungen.** — **V. Bilder im Privatbesitz.** — Radierungen von genannten und ungenannten Meistern nach Schmidt'schen Bildern.)

I. Oelgemälde.

~~~~~~~~~

1. IN NIEDERÖSTERREICH.

Viertel unter dem Wienerwald.[1]

Schwechat.

Hochaltarbild: Predigt des h. Jakobus des Aelteren. 4 Mtr.
47 Ctm. hoch.[2]

Seitenaltarbild: Der gekreuzigte Erlöser. 1764.[3]

„   Immaculata. 1764.[4]

----

[1] Ausser den in diesem Viertel angeführten Bildern, welche authentisch
dem Kremser Schmidt zukommen, wurden früher noch andere demselben irrtümlich zugeschrieben. So gehört das Hochaltarbild in der Johanniterkirche in
der Kärntnerstrasse. St. Johannes der Täufer, in diese Reihe. Nach Maxm.
Fischer (kirchl. Topographie II. p. 69) und Schweickhardt (Darstellung
des Erzherzogtums Oesterreich unter der Enns U. W. W. II. p. 398) wurde auch
das Hochaltarbild in der Pfarrkirche zu Meidling, Mariä Geburt, das sich früher
als Hochaltarbild in der Stiftskirche zu Klosterneuburg befand, wegen der zu
grellen Farben aber entfernt wurde, immer für ein Werk des Mart. Johann
Schmidt gehalten. Wie nun der nach den jüngstangestellten Forschungen im
Stiftsarchive zu Klosterneuburg aufgefundene „Malers-Contract, dass Ney zu
machente Hochaltar-Blath ju die Stifts-Kirchen zu Klosterneuburg betreffend, dtto.
31. Marty 1727", bezeugt, stammt dieses Bild von dem ebenfalls tüchtigen Maler
Johann Georg Schmidt in Wien.

[2] Franz Tschischka, Kunst und Altertum in Oesterreich, Wien 1836.
p. 75. Von diesem Bilde besitzen wir eine eigenhändige Radierung Schmidt's in
kl. Fol. mit der Jahreszahl 1770. Nagler, Allgem. Künstlerlexikon XV. 350.

[3] und [4] Auch von diesen beiden Bildern besitzen wir eigenhändige
Radierungen Schmidt's in Fol. mit der Jahreszahl 1764.

4*

Wien [1]

a) In der innern Stadt.

Kirche bei St. Anna (ehemalige Jesuitenkirche).
Hochaltarbild: Die h. Anna. (?)
Seitenaltarbild: Der h. Ignatius.
    „   „ „ Josef.
    „   „ „ Sebastian.

Kapelle des Melkerhofes. [2]
Hochaltarbild: Mariä Himmelfahrt (Assumptio).
Seitenaltarbild: Die Marter des h. Coloman.
    „ Der sterbende h. Benedikt.

Franziskanerkirche. [3]
Seitenaltarbild: Immaculata.
    „ h. Franziskus in der Verzückung.

b) In den Vorstädten.

Leopoldstadt (ehemalige Karmeliterkirche). Hochaltarbild.

Gumpendorf. [4]
Seitenaltarbild: Immaculata. Unter demselben ein kleineres Bild.
    darstellend den h. Josef.
    „ St. Johann der Täufer. Unter demselben ein kleineres
    Bild, darstellend die h. Cäcilia.
Ein kleines Bild, die h. Anna.

---

[1] In Wien gab es von Schmidt noch folgende Bilder: In der St. Magdalenenkirche auf dem Stephans-Freithof das Hochaltarbild, welches die Patronin St. Magdalena darstellte und bei dem Brande im Jahre 1784 zu Grunde gieng; in der Stephanskirche in der Katharinenkapelle das Bild der heil. Katharina. (Bei Fr. Tschischka mit Schmidt sen. bezeichnet. Neueste Beschreibung aller Merkwürdigkeiten Wiens. 1779, p. 156, 157.) Wohin dieses Bild, sowie die beiden Bilder, die sich im Kloster der Siebenbüchnerinnen (aufgehoben 1783) befanden und Johann von Kreuz und die heil. Theresia darstellten, gekommen sind, konnte ich trotz allem Forschen nicht erfahren.

[2] J. Keiblinger, Geschichte des Benediktinerstiftes Melk, II. 1. Abtlg. p. 786. Fr. Tschischka l. c. erwähnt diese Bilder nicht.

[3] Bei Fr. Tschischka mit „Schmid der Vater" und bei Schweickhardt, Darstellung etc. Wien, III. p. 114 f. einfach mit von Schmidt bezeichnet. C. v. Wurzbach, Biograph. Lexikon XXVII. p. 172 weist dieses Bild Rothmayer zu.

[4] P. Meinrad Adolph, Gedenkbuch der Wiener Vorstadtpfarre zum h. Egyd in Gumpendorf. Wien 1557, p. 107. f. – Bei Fr. Tschischka l. c. p. 20 sind die drei kleinen Bilder nicht erwähnt.

In der Gemäldegallerie der k. Akademie der bildenden
Künste.[1]

Der Schiedspruch des Königs Midas zwischen Apoll und Marsias.
4 Mtr. 79 Ctm. hoch, 1 Mtr. 15 Ctm. breit. — Venus und Amor
in Vulkans Schmiede. Von gleicher Grösse und Breite.

In der Gemäldegallerie des Fürsten Liechtenstein.
Weiblicher Satyr mit einem säugenden Kinde in einer Landschaft[2]
(Nr. 794 Katalog).

Viertel ober dem Wienerwald.

Aggsbach. Ober dem Hochaltarbild ein Rundbild: Der h. Josef.

Arnsdorf an der Donau.[3]
Seitenaltarbild: Die h. Familie.
       „   Der h. Sebastian. Beide mit der Jahreszahl 1773.

Biberbach. Hochaltarbild: Der h. Stephan.[4]

Bischofstetten. Hochaltarbild: Die Marter der h. Agatha.

Blindenmarkt. In der mit dem Schiffe der Kirche zusammen-
hängenden Hedwigskapelle ein kleines Bild, die h. Hedwig.[5]

Euratsfeld. Seitenaltarbild: Der h. Florian.[6]

Ferschnitz. Hochaltarbild: Enthauptung des h. Sixtus, circa 4 Mtr.
hoch, 2 Mtr. breit.[7]

---

[1] Ant. Weinkopf, Beschreibung der k. Akademie der bildenden Künste.
Wien 1783, p. 89. (Neue Ausgabe Wien, 1875.) Fr. Tschischka l. c. 54.
Auch von diesen beiden Bildern giebt es eigenhändige Radierungen Schmidt's.
Nagler l. c.

[2] Minder gut.

[3] Mittheil. der Central-Kommission für Erforschung und Erhaltung der
Baudenkmale V. (1860) p. 124. Schweickhardt, Darstellung des Erzherzogtums Oesterreich u. d. E. O. W. W. I. p. 206.

[4] Schweickhardt, Darstellung des Erzherzogtums Oesterreich u d. E.
XII. p. 8.

[5] Ein sehr gutes Bild.

[6] Schweickhardt l. c. O. W. W. XIII. p. 160.

[7] Schweickhardt l. c. O. W. W. p. 165. Ein noch sehr gut erhaltenes
und schönes Bild. Die Echtheit desselben bestätigt die in der Kirchenlade zu
Ferschnitz aufbewahrte Originalquittung von Schmidt, die lautet: „Quittung Pr.
Zwey Hundert Gulden, Sage 200 fl., welche ich Endes Benannter . . . nacher
Ferschnitz in alldasiges Gotteshaus gemahlene S. Xysti Hochaltar-Blad Accor-
dirter massen richtig und Zu dank Empfangen habe, Bescheine Actum Stadt
Stein d. 16. Martii 1770. Martin Johann Schmidt Kais. Königl. mahler und Mit-
glied der Freyen Hof-Academie in Wienn". Siegel.

Gansbach. Seitenaltarbild: Die h. Anna.[1]

Göstling.[2]

 Hochaltarbild: Die Kreuzigung des Apostels Andreas. 3 Mtr.
  79 Ctm. hoch, 2 Mtr. 5 Ctm. breit.

 Seitenaltarbild: Die h. Familie. 1 Mtr. 39 Ctm. hoch, 1 Mtr.
  36 Ctm. breit.

  „ Der h. Anton von Padua. Ebenso hoch und breit.

Gerolding. Ueber dem Tabernakel das kleine Bild „Maria mit der
 Krone auf dem Haupte und das in Windeln gewickelte Jesukind
 in den Armen haltend".[3]

Göttweig[4] (Stiftskirche).

 Seitenaltarbild: Der erste Abt von Göttweig. Hartmann. Noch als
  Prior in St. Blasien ersieht er im Traume sein
  glänzendes Los, indem Bischof Altmann von Passau
  ihm in einer Wolkenhülle erscheint und den Stab
  reicht, während ein Engel das Prälatenkreuz und
  die Kette darbietet (sic). Mit der Bezeichnung:
  „M. Schmidt 1773.[5]

  „ Der h. Benedikt.

In dem neueren Teile der Krypta ist ein Bild des Abtes Odilo;
 auf dem Bande des Abtstabes steht: M. Schmidt 1765.

In der Prälatenkapelle. Altarbild: Der h. Anselm, Erzbischof von
 Canterbury. Unter den kleineren Bildern daselbst sind von M. J.
 Schmidt: Der sterbende h. Benedikt, Benedikt und Scholastica,
 der h. Petrus.

Im Prälatengange das Porträt des Abtes Magnus Klein.[6]

In der Gemäldegallerie sind mehrere Bilder, die Schmidt zugeschrieben werden: Der Tod des h. Josef, und als Gegenstück der
 Tod der h. Anna, 1775; die Auffindung der Leiche des h. Johann
 von Nepomuk, die h. Familie.

---

[1] Ein sehr schönes Bild. Schweickhardt l. c. O. W. W. IX. p. 290.

[2] Sämmtliche Bilder haben bereits sehr nachgedunkelt: die Bezeichnung
„Schmidt" ist nur mehr schwer zu lesen.

[3] J. Keiblinger's Manuscripten-Nachlass zur Pfarre Gerolding.

[4] Fr. Tschischka l. c. p. 78.

[5] Denselben Gegenstand, nur in einer andern Auffassung, stellt ein kleineres
Bild in der Gemäldegallerie des Stiftes Göttweig vor. Dürfte eine Schülerarbeit sein.

[6] Hat durch ungeschickte Restaurierung stark gelitten.

G r e s t e n. Seitenaltarbild: Die Kreuzabname. [1])

„ Mariahilf.

G r ü n a u. Hochaltarbild: Der h. Georg. [2])

G u r h o f. [3]) In der Schloss-Kapelle befinden sich zwei Bilder von M. J.
S c h m i d t: *a)* Christi Grablegung; [4]) *b)* Christi Auferstehung,
jedes 94 Ctm. breit, 1 Mtr. 58 Ctm. hoch.

H a f n e r b a c h. [5])

Seitenaltarbild: Christus am Kreuze, Magdalena zu den Füssen
desselben knieend und in Thränen zerfliessend.
2 Mtr. 13 Ctm. hoch, 1 Mtr. 13 Ctm. breit.
M. J. S c h m i d t 1800 P.

„ Die h. Familie. Von gleicher Grösse. Bezeichnet
mit Martin Joh. S c h m i d t ddto. 1800. [6])

H a i n d o r f. Hochaltarbild: Die hh. Apostel Petrus und Paulus. 2 Mtr.
hoch, 36 Ctm. breit. Mit der Bezeichnung: M. S c h m i d t 1758. [7])

H o f s t e t t e n i n d e r G r ü n a u. [8]) Hochaltarbild: Der h. Georg.

K a r l s t e t t e n. Zwei kleine Bilder: Der h. Johann von Nepomuk und
Kreuzerhöhung. [9])

---

[1]) Bei diesem Bilde ereilte ihn der Tod.

[2]) S c h w e i c k h a r d t l. c. O. W. W. X. p. 288.

[3]) Das eine halbe Stunde von Gausbach entfernte Schloss Gurhof gehört
dem Benediktinerstifte Göttweig. In der Schlosskapelle daselbst befand sich nach
dem Inventarium ausser den oben genannten zwei Bildern noch ein anderes,
darstellend den Tod des h. Benedikt. Dasselbe kam später in die Gesindestube,
wo es, dem Rauch und Staub ausgesetzt, zu Grunde gieng und vor etwa
20 Jahren entfernt wurde.

[4]) Das Kolorit dieses Bildes hat stark gelitten, so dass manche Teile desselben undeutlich werden.

[5]) J. K e i b l i n g e r's Manuscripten-Nachlass zur Pfarre Hafnerbach. Auch
das Hochaltarbild, der h. Bischof und Märtyrer S. Zeno in der Verklärung, zeigt
in Vielem seine Manier.

[6]) In der Mitte des Bildes sitzt Maria mit dem Kinde, das die rechte
Hand wie segenspendend erhebt. Zu den Füssen desselben steht der kleine
h. Johannes, voll seliger Bewunderung und Andacht zum kleinen Heiland hinauf-
schauend; hinter ihm sind seine Eltern Zacharias und Elisabet, auf der andern
Seite der h. Jungfrau stehen deren Eltern Joachim und Anna, die mit an-
dächtiger Freude das göttliche Kind betrachten.

[7]) Die beiden Apostel sind dargestellt in dem Momente, wo sie zum
Martyrium geführt werden. Neben ihnen stehen zwei römische Soldaten und über
ihren Häuptern schweben zwei Engel mit dem Kranze.

[8]) Fr. T s c h i s c h k a l. c. p. 82.

[9]) Sehr schöne Bilder. S c h w e i c k h a r d t l. c. O. W. W. III. p. 74.

Kilb.[1]) Hochaltarbild: Der h. Simon und Judas. Mit der Bezeichnung: M. Schmidt fecit. 5 Mtr. 37 Ctm. hoch, 2 Mtr. 21 Ctm. breit. Teils auf dem Chore, teils in der Sakristei befinden sich noch 12 treffliche Bilder, und zwar: 1. die h. drei Könige (M. J. Sch. Pict. 1800 fec.); 2. das h. Abendmal (M. J. S. F. 1800); 3. Geburt Christi (M. J. Schmidt 1800 fec.); 4. Mariä Opferung (M. J. Sch. f. 1800); 5. Auferstehung Christi; 6. Himmelfahrt Christi; 7. Pfingstfest; 8. Allerheiligen; 9. Mariä Empfängnis; 10. Mariä Himmelfahrt; 11. Mariä Verkündigung; 12. der h. Peregrin.

Nr. 5—11 sind 1 Mtr. 26 Ctm. hoch. 9 Decimtr. breit, Nr. 12 ist 1 Mtr. 26 Ctm. hoch. 76 Ctm. breit.

Kirchberg an der Bielach.[2]) Hochaltarbild: Der h. Martin.

Kirnberg (oder Kürnberg).[3]) Seitenaltarbild: Die h. Familie.

Königstetten.[4]) Christus am Kreuze.

Langegg. Chor der Engel.

Lilienfeld (Abteikirche).[5]) Hinter dem Hochaltare zwei Rundbilder.

Markersdorf. Hochaltarbild: Der h. Martin. 1786.[6])

Mautern. Die 14 Kreuzwegstationen. Ein kleines Bild: Der h. Johannes.

Melk.[7]) (In der Pfarrkirche des Marktes.)

Hochaltarbild: Mariä Himmelfahrt (Assumptio).

----

[1]) Die Bilder in Kilb gehören zu den besten des Meisters; für das Hochaltarbild erhielt derselbe 176 fl., für den Transport von Stein nach Kilb wurden 2 fl. (!) bezahlt. Ueber den früheren Gebrauch dieser Bilder vgl. Schweickhardt, Darstellung etc. O. W. W. II. p. 244 f. Im Jahre 1872 wurden mehrere dieser Bilder durch den Maler Martin Pitzer in Herzogenburg gut restauriert.

[2]) Fr. Tschischka l. c. p. 83. Schweickhardt, Darstellung des Erzherzogtum u. d. E. O. W. W. VI. p. 250.

[3]) In der Nähe von St. Peter in der Au. Schweickhardt, Darstellung des Erzherzogtum u. d. E. O. W. W. XIV. p. 153.

[4]) Ein sehr schönes Bild. Geschenk der Gräfin Auguste Bellegarde-Schweickhardt, Darstellung etc. O. W. W. I. p. f. 12.

[5]) Kirchliche Topographie VI. p. 29.

[6]) Ein sehr gutes Bild. Schweickhardt l. c. O. W. W. X. p. 294.

[7]) J. Keiblinger, Geschichte des Benediktinerstiftes Melk etc. II. Bd. 1. Abtlg. p. 66 und Anm. 2. Im Pfarrgedenkbuch p. 112 heisst es ad a. 1772. 23. Oktober: ex Stein allatae sunt immagines oppidana ecclesia pictae a. D. Martino Schmidt. Pictura semel visa commendat satis artificem. Constabant pro 5 aris 750 fl. Das Bild des Hauptaltars ist bezeichnet: „Martin Joh. Schmidt. Pinxit Ao 1772".

Seitenaltarbild: Der h. Sebastian.

„ Martyrium der h. Barbara.

(Ehemalige Seitenaltarbilder: Der h. Anton v. Padua in der Exstase und Johann von Nepomuk.)

(Im Stifte.) In einem Seitenzimmer der Prälatur, von wo man in das Archiv kommt, ein Bild: Maria mit dem Kinde auf dem Throne sitzend, von Engeln und Heiligen umgeben.

Neulengbach.[1]

Hochaltarbild: Die h. Dreifaltigkeit.

Seitenaltarbild: Immaculata.

„ Der h. Franziskus Ser.

Ochsenburg.[2]) In der Schlosskapelle. Hochaltarbild: Der h. Nikolaus. c. 3 Mtr. 16 Ctm. hoch, 2 Mtr. 21 Ctm. breit.[3])

An den Seitenwänden: Mariä Verkündigung; Christi Geburt; Christi Darstellung im Tempel (Mariä Lichtmess); Mariä Himmelfahrt (Assumptio). Jedes der vier Bilder[4]) c. 2 Mtr. 84 Ctm. hoch, 1 Mtr. 89 Ctm. breit.

Ollersbach. Seitenaltarbild: Tod des h. Josef.

Pechlarn (Gross-).[5])

Hochaltarbild: Mariä Himmelfahrt (Assumptio) 1779.

Seitenaltarbild: Der h. Sebastian.

„ Der h. Johann von Nepomuk.

Purgstall. Seitenaltarbild: Tod der h. Anna.[6])

Pyhra. Seitenaltarbild: Immaculata.

---

[1]) Schweickhardt l. c. O. W. W. I. p. 56.

[2]) Kirchl. Topographie VII. p. 339. Die Bilder haben grossen Wert, befanden sich aber gegen Ende der Fünfziger Jahre schon in einem sehr schadhaften Zustande und wurden durch Hermann aus Wien restauriert.

[3]) Die Komposition ist in der bei Schmidt üblichen Weise. Der Heilige thront auf Wolken in himmlischer Verklärung; in dem untern Teile des Bildes ist eine mit dem Sturme kämpfende Barke sammt Bemannung.

[4]) Die Bilder sind sehr schön und im guten Zustande.

[5]) Unter diesen drei schönen Bildern ist das des heil. Sebastian ohne Zweifel das beste, wie denn überhaupt Schmidt gerade diesen Heiligen, man möchte behaupten, mit einer besonderen Vorliebe behandelt hat. Auch in der Pfarrkirche zu Strassengel in Steiermark ist unter den drei schönen Bildern der heil. Sebastian das beste. Leitner Vaterl. Reise von Gräz über Eisenerz nach Steier. Wien 1798. Schweickhardt, Darstellung d. Erzh. Oesterreich u. d. E. O. W. W. XIV. p. 107 f.

[6]) Schweickhardt, Darstellung etc. O. W. W. VII. p. 196.

St. Egydi am Neuwalde. Hochaltarbild: Der h. Egyd.[1]

St. Georgen am Reith. Seitenaltarbild: Christus am Kreuze. 1 Mtr. 63 Ctm. hoch, 84 Ctm. breit.[2]

St. Johann in Engstetten. Hochaltarbild: Taufe Christi.[3]

St. Peter in der Au. Im Schiffe der Kirche an der Seitenwand: Christus übergiebt Petrus die Schlüssel des Himmelreiches. Mit der Bezeichnung: Mart. Joh. Schmidt 1787. 3 Mtr. 72 Ctm. hoch, 2 Mtr. 43 Ctm. breit.[4]

Seitenaltarbild: Die unbefleckte Empfängnis Mariä. 2 Mtr. 67 Ctm. hoch, 1 Mtr. 48 Ctm. breit.

St. Pölten.[5] In der Pfarrkirche der Franziskaner (ehemaligen Karmeliterkirche).

Seitenaltarbild: Maria vom Berge Karmel oder das Scapulierbild.

„   Der Tod der h. Theresia.

„   Jakobus der Aeltere und Johann von Nepomuk. Jedes. 3·79 Mtr. hoch, 2·9 Mtr. breit.

St. Veit an der Gelsen. Die 14 Kreuzwegstationen.

Scheibbs. In der Kapuzinerkirche.

Hochaltarbild: Die h. Barbara.

Seitenaltarbild: Der h. Sebastian.

„   Der h. Anton von Padua.

---

[1] Schweickhardt. Darstellung etc. O. W. W. VI. p. 222.

[2] Nach der Tradition und nach dem Pfarrgedenkbuche ein Bild von Mart. Joh. Schmidt. Ein sehr schönes Bild. hat aber viel nachgedunkelt; sonst ist das Bild noch ziemlich gut erhalten.

[3] Schweickhardt. Darstellung etc. O. W. W. IX. p. 273.

[4] Ein sehr gutes Bild. Schweickhardt. Darstellung etc. O. W. W. IX. p. 259. Das Bild der Schlüsselübergabe an den heil. Petrus war früher Hochaltarbild und ist in sehr gutem Zustande, das Seitenaltarbild war schon bedeutend schadhaft und wurde vor 7 Jahren gut restauriert.

[5] Diese Bilder. welche eigentümlicher Weise die Bezeichnung Mart. Joh. Schmidt auf der Rückseite tragen. wurden von den 1783 aufgehobenen Karmelitern angeschafft, die um das Jahr 1760 den Bau der Kirche und des Klosters vollendeten. Wahrscheinlich sind die Bilder damals auch entstanden. (De Luca.) Das gelehrte Oesterreich I. Bd. 2. p. 349. Kirchl. Topographie VII. p. 368. Im Pfarrkonkurssaale des Bistumsgebäudes (früher das Refectorium des aufgehobenen Chorherrenstiftes) sind sieben Bilder, welche als Werke M. J. Schmidt's ausgegeben werden; in der Mitte des Saales der gekreuzigte Heiland (1 Mtr. 89 Ctm. breit. 94 Ctm. hoch), meisterhaft behandelt, an den zwei Langseiten des Saales sind je drei Bilder. 1 Mtr. 73 Ctm. breit, 1 Mtr. 41 Ctm. hoch, welche Scenen aus dem Leben des h. Augustinus darstellen. Diese Bilder bedürften einer Restauration.

Seitenstetten. (Im Benediktinerstift.) [1] Im Refectorium sind
vier grosse Bilder, 3 Mtr. hoch, 1 Mtr. 50 Ctm. breit, darstellend: 1. Die Gründung des Klosters und Uebergabe der
Schenkungsurkunde durch Udischalk I. und seine Tochter Helena,
verwitwete Gräfin von Hagenau und Hayd. 2. Bestätigung der
Schenkung an das Stift durch Regimbert und Richardis. 3. Erzbischof Wichmann von Magdeburg übergiebt dem Abte von Seitenstetten die Schenkungsurkunde, die Herrschaft Ipsitz betreffend.
4. Udischalk, Graf von Stille und Heft, und Helisäa, seine Gemahlin, betrachten den Plan des neu zu erbauenden Klosters. —
Dann zwei grosse Bilder, 3 Mtr. hoch, 1 Mtr. 50 Ctm. breit:
1. Die h. Familie beim Mittagstisch; 2. Christus am Kreuze,
rufend: „sitio".

In gleicher Grösse befinden sich daselbst noch vier Standbilder
der Aebte Gabriel Sauer, Benedikt Ablzhauser, Ambros Preven-
huber und Paul de Vitsch von Seitenstetten.

Acht Querbilder, 1 Mtr. breit, 50 Ctm. hoch, im Getäfel des
Saales, welche Begebenheiten aus der h. Schrift des alten und
neuen Bundes darstellen und die Bestimmung des Lokales (Speisesaal) andeuten. Ueber der Eingangstür in's Refectorium ist ein
grösseres Querbild, darstellend den Besuch des h. Benedikt bei
seiner Schwester Scholastica. Die Figuren sind Kniestücke in
Lebensgrösse.

In der Gemäldegallerie sind bei 30 Bilder von sehr verschiedenem Werte, darunter: Christus in der Wüste, vom Teufel versucht (2 Mtr. 54 Ctm. hoch, 1 Mtr. 75 Ctm. breit) und Christus
in der Wüste, von Engeln bedient (in gleicher Grösse),[2] Christus
in Emaus und Christus im Hause des Lazarus; Jesus als zwölf-
jähriger Knabe im Tempel (1 Mtr. hoch, 1 Mtr. 30 Ctm. breit)
und Jesus bei Nikodemus (eben so gross, Figuren Kniestücke);
in derselben Grösse vier Darstellungen aus dem Leben des h.
Benedikt;[3] Christus als Gast im Hause des Pharisäers Simon
(Querbild: 2 Mtr. 70 Ctm. breit, 1 Mtr. 80 Ctm. hoch);[4] zwei

[1] Die Bilder im Refectorium wurden unter Abt Dominik Gussmann
(1747—1777) wahrscheinlich um das Jahr 1750 ausgeführt.

[2] Wurden durch ungeschickte Restaurierung gänzlich entstellt und fast
wertlos.

[3] Diese Bilder sind sehr gut erhalten.

[4] Wurde durch die ungeschickte Restaurierung arg geschädigt.

Bilder: der h. Petrus und der h. Paulus; [1]) mehrere Porträts von Aebten in Lebensgrösse: [2]) zwei Skizzen (64 Ctm. hoch, 48 Ctm. breit) zu Bildern aus der Hausgeschichte, darstellend: die Einkleidung des Stifters Udischalk und die Jubelprofess des bekannten Historiographen Joseph Schaukögel; [3]) zwei Bilder (1 Mtr. 64 Ctm. breit, 1 Mtr. 80 Ctm. hoch) Christus am Kreuze und Christus im Schoosse Mariens von Engeln angebetet.[4]) Die übrigen kleineren Bilder, deren Motive ebenfalls der biblischen Geschichte entlehnt sind, sind mitunter noch recht gut erhalten.

Im Konchilienkabinete ist das Porträt des Abtes Dominik Gussmann,[5]) in der Bibliothek sind zwei Medaillonbilder: der segnende Heiland und die Immaculata: [6]) in der Studentenkapelle ist ein grosses Altarbild (4 Mtr. hoch, 2 Mtr. breit): Christus am Kreuz mit Maria. Johannes und Magdalena.[7])

Im Presbyterium der Stiftskirche sechs tapetenartige Gemälde.[8])

Sindelburg.[9]) Seitenaltarbild: Der h. Sebastian, mit der Bezeichnung Martin Johann Schmidt. 1781.[10]) 2 Mtr. 21 Ctm. hoch, 1 Mtr. 29 Ctm. breit.

„ Der h. Leonhard. 1781.[11]) Ebenso hoch und breit.

Säusenstein.[12]) In der ehemaligen Donatikapelle des Cistercienser-stiftes Säusenstein (jetzige Pfarrkirche) zwei Querbilder an den

---

[1]) Diese beiden Bilder haben keinen besonderen Wert, sind nur Gelegenheitsarbeiten.

[2]) Diese Bilder sind gut erhalten und haben hohen Wert; sie zeigen uns Schmidt als genialen Porträtmaler.

[3]) Diese Skizzen sind wertvoll und beweisen, dass der Meister sich des Stoffes mit einer gewissen Begeisterung bemächtigt und der ihm gestellten Aufgabe mit aller Hingebung gewidmet hat.

[4]) Beide Bilder dem Verfalle nahe, doch lassen sie noch immer den Meister erkennen.

[5]) Sehr gut erhalten.

[6]) Sind wegen der eigentümlichen Beleuchtung bemerkenswert.

[7]) Dieses Bild hat schon stark nachgedunkelt.

[8]) Sind schon sehr dem Verfalle nahe.

[9]) Schweickhardt l. c. O. W. W. XI. p. 207.

[10]) Der h. Sebastian schwebt verklärt in den Wolken, unten befindet sich eine Gruppe von Pestkranken.

[11]) Der Heilige ebenfalls in seiner Verklärung dargestellt; unten eine Viehherde und ein Landmann, der des Heiligen Hilfe anfleht.

[12]) (De Luca.) Das gelehrte Oesterreich l. c. p. 349 erwähnt vier Bilder.

Seitenaltären: Die h. Rosalia und Christus mit dem Kreuze fallend. Gegenüber der Kanzel ist noch ein kleines Bild: die Vermählung Mariens.

Sonntagberg. Seitenaltarbild: Die Taufe Christi.[1]

„ Die Krönung Mariens durch die h. Dreieinigkeit.[2]

Stephanshart.[3] Seitenaltarbild: Kreuzigung Christi.

„ Kreuzabname.

Strengberg. Hochaltarbild: Mariä Himmelfahrt (1781).[4]

Ulmerfeld. Seitenaltarbild: Mariä Verkündigung. 1 Mtr. 72 Ctm. hoch, 1 Mtr. 15 Ctm. breit.[5]

Waidhofen an der Ips.[6]

Hochaltarbild: Die h. Magdalena.

Seitenaltarbild: Der h. Sebastian; darüber ein kleineres Bild: der h. Rochus.

„ Die h. Anna; darüber ein kleines Bild: Johannes mit dem Lamme.

„ Enthauptung der h. Barbara;[7] darüber ein kleineres Bild: der h. Joseph.

„ Der h. Lambert; darüber ein kleineres Bild: Immaculata.

Beim Altartische befindet sich ein Brustbild des h. Johannes von Nepomuk.[8]

---

[1] Von diesem Bilde giebt es eine eigenhändige Radierung Schmidt's „St. Johannes der Täufer". Altarbild auf dem Sonntagberg. M. J. Schmidt fec. 1773. Oben abgerundet. Kl. Fol. Nagler. Künstlerlexikon l. c.

[2] Von diesem Bilde besitzen wir ebenfalls eine eigenhändige Radierung Schmidt's. 1764 kl. Fol. Nagler, Künstlerlexikon l. c. (De Luca). Das gelehrte Oesterreich l. c. Beide Bilder auf dem Sonntagberg wurden im Auftrage des Abtes Dominik Gussmann ausgeführt.

[3] Schweickhardt, Darstellung des Erzh. Oesterr. u. d. E. O. W. W. XIII. p. 131.

[4] Schweickhardt, Darstellung etc. O. W. W. IX. p. 253.

[5] Schweickhardt, Darstellung etc. O. W. W. VIII. p. 112.

[6] (De Luca.) Das gelehrte Oesterreich l. c. Schweickhardt l. c. XIV. p. 178.

[7] Dem gleichnamigen Bilde der St. Peterskirche in Wien von Reem ganz ähnlich. Ein Meisterwerk.

[8] Pastellbild. Der Ausdruck des Gesichtes ist bewundernswert.

Weinzierl. In der Schlosskapelle.

Seitenaltarbild: Der h. Anton von Padua.[1])

Weissenkirchen.[2])

Hochaltarbild: Simon und Juda.

Seitenaltarbild: Mariä Verkündigung.

„ Christus am Kreuz.

Weistrach. Hochaltarbild: Der h. Stephan.[3])

Wieselburg. Hochaltarbild: Der h. Ulrich.[4])

Zeillern.[5]) Hochaltarbild: Der h. Jakobus der Aeltere.

Zelking. Hochaltarbild: Der h. Bischof Erhard. M. J. Schmidt 1791.[6])

Viertel unter dem Mannhartsberg.

Deinzendorf. Seitenaltarbild: Die h. Anna.[7])

Drösing.[8]) Hochaltarbild: Der h. Laurenz.

Ernstbrunn. Hochaltarbild: Der h. Martin.[9]) 4 Mtr. 73 Ctm. hoch, 1 Mtr. 84 Ctm. breit.

Feuersbrunn.[10])

Hochaltarbild: Der h. Egydius.

---

[1]) Sehr gutes Bild. Schweickhardt, Darstellung des Erzh. Oesterr. u. d. E. O. W. W. XIV. Bd. p. 59.

[2]) Sehr schöne Bilder. Schweickhardt, Darstellung etc. O. W. W. III. p. 137.

[3]) Schweickhardt. Darstellung des Erzh. Oesterr. u. d. E. XIV. Bd. p. 171.

[4]) Schweickhardt, Darstellung etc. O. W. W. I. p. 56.

[5]) Wahrscheinlich war auch das Bild des h. Sebastian, das schon durchlöchert war und deshalb 1826 entfernt wurde, Schmidt zuzuschreiben. Schweickhardt. Darstellung des Erzh. Oesterr. u. d. E. O. W. W. XIII. 93.

[6]) Zu dem h. Bischof blickt eine Gruppe von Kranken vertrauensvoll empor. Schweickhardt l. c. XI. p. 131.

[7]) Schweickhardt. Darstellung etc. U. M. B. I. 132.

[8]) Fr. Tschischka l. c. p. 88. Schweickhardt l. c. U. M. B. V. Bd. p. 153 sagt von dem berühmten Maler Schmidt in Wien.

[9]) Der h. Bischof sitzt auf den Wolken und ist im vollen Ornate, Engel umschweben ihn und halten Infel und Stab. Unterhalb dieser Wolkenschicht sieht man im landschaftlichen Grunde den h. Martin zu Pferde, wie er seinen Mantel zerschneidet, um einen Teil desselben einem nackten Bettler zu geben. Von diesem Bilde befindet sich, nach einer gütigen Mitteilung des Herrn Custos Jos. Schönbrunner, eine Zeichenskizze in den Sammlungen des Herrn Erzherzogs Albrecht (Albertina) zu Wien.

[10]) Fr. Tschischka l. c. 90. Schweickhardt. Darstellung etc. U. M. B. II. 37.

Seitenaltarbild: Der h. Vincenz Fer.

„ Der h. Johann von Nepomuk.

Haizendorf.[1]) Seitenaltarbild: Immaculata.

„ Der h. Sebastian.

Haugsdorf.[2]) Seitenaltarbild: Christus am Kreuze.

Hausleuthen. Hochaltarbild: Das Martyrium der h. Agatha.[3])

In der Seitenkapelle (Aloisikapelle) ist das Bild: Der h. Aloisius.[4])

Kleinengersdorf.[5])

Seitenaltarbild: Mariä Himmelfahrt, mit der Bezeichnung: Schmidt
1775. 2 Mtr. 4 Ctm. hoch, 1 Mtr. 1 Ctm. breit.

„ Martyrium der h. Dorothea, mit der Bezeichnung:
Schmidt 1775. Ebenso hoch und breit.

---

[1]) Fr. Tschischka l. c. p. 91.

[2]) Das gegenwärtige Hochaltarbild mit den Aposteln Petrus und Paulus,
gemalt von Grassinger in Meissau, ist aus dem Jahre 1796. An dessen Stelle
hieng seit 1778 ein Bild, denselben Gegenstand darstellend, von M. J. Schmidt.
J. Keiblinger, Gesch. von Melk, II. 2. Abtlg. p. 627.

[3]) Das Bild ist sehr schön und durch edle Auffassung des Thema's ausgezeichnet. In den mittleren Partien ist es noch gut erhalten, in den unteren und
in den Seitenpartien restaurationsbedürftig. Name und Jahreszahl sind unter dem
in die Farbe eingetrockneten Staub und Schmutz nicht mehr erkennbar. Dagegen
findet sich in der Kirchenrechnung vom J. 1779 (Fol. 19) die Post: „dem Herrn
Martin Johann Schmidt. Academischer Mahler zu Stein seynd für das Hochaltar-
blatt St. Agathae sub Nr. 14³|₄ bezahlt worden 300 fl." Schweickhardt,
Darstellung etc. U. M. B. II. p. 298 und V. p. 296.

[4]) Dem h. Aloisius zeigt Maria das Jesukind. Ein sehr schönes Bild.
Leider hat es bei dem in der Nacht vom 5. zum 6. Februar 1779 stattgefundenen
Brande der anstossenden Sakristei an mehreren Stellen durch Rauch gelitten,
mehr noch durch die im J. 1866 vorgenommene Restaurierung. Ueber dieses
Bild befindet sich die durch das Siegel Schmidt's hochinteressante Quittung im
Pfarrarchive. „Quittung pr. hundert fünfzig Gulden Sage 150 fl. welche vermög-
nacher Haussleiten in alldasige Sancti Aloisicapelle gemahlenen altarblatt. Eben
disen Heiligen vorstellend, richtig und zu Dank Bezahlt worden Bescheine. Stadt
Stein den 1. May 1771. Martin Johann Schmidt, Keys. Königl. Mahler und Mitglied der freyen Hof Academie in Wienn". Das Siegel des Meisters zeigt auf
einem nahezu kreisrunden mit heraldischen Emblemen umgebenen Wappenschild
einen Schmidt in ganzer Figur, mit geschwungenem Hammer vor einem Ambos
stehend. oben auf dem Wappenschild ist der Malerschild und über diesen eine
einfache Krone, daneben sind die Buchstaben M. S.

[5]) Da unter Abt Benno zu den Schotten in Wien — wohin die Pfarre
gehört — das Schiff der Kirche im Jahre 1772 neu gebaut wurde. so geschah
die Anschaffung der Bilder auf Stiftskosten. Nach Einigen soll auch das Hochaltarbild: der h. Veit, von Schmidt sein.

Mühlbach. Ein kleines Bild: Christus am Kreuze. Mit der Bezeichnung auf der Rückseite: Mart. Schmidt fecit aetatis suae 81.

Riedenthal (Gross).[1]
Hochaltarbild: Der h. Laurenz.
Seitenaltarbild: Der h. Joseph.
   „   Die h. Katharina.
Ueber den beiden Seitenaltarbildern Rundbilder: Der h. Coloman
und der h. Leopold. An den Wänden des Presbyteriums die
Bilder der h. Aebte Leonhard und Wendelin.

Roggendorf. Seitenaltarbild: Christus am Kreuze.[2]
   „   Der h. Benedikt.[3]

Röschitz.[4]
Hochaltarbild: Der h. Nikolaus.
Seitenaltarbild: Die h. Anna.
   „   Der h. Johann von Nepomuk.

Rohrendorf.[5]
Seitenaltarbild: Maria mit dem Kinde. 2 Mtr. 62 Ctm. hoch,
   1 Mtr. 68 Ctm. breit.
   „   Die h. Scholastica. Ebenso hoch und breit.

Sitzendorf.[6] Hochaltarbild: Der h. Martin.

Stetteldorf (Gross-).[7]
Hochaltarbild: Der h. Johann der Täufer.
Seitenaltarbild: Die h. Familie.
   „   Der h. Sebastian.
   „   Die h. Ottilia.
   „   Die h. Katharina.
   „   Die h. Barbara.
   „   Der h. Johann von Nepomuk.

---

[1] Fr. Tschischka l. c. p. 91. Schweickhardt, Darstellung etc. U.
M. B. VI. p. 9.

[2] Sehr gutes Bild. Schweickhardt, Darstellung etc. U. M. B.
V. p. 296.

[3] J. Keiblinger l. c. II. Bd. 2. Abtlg. p. 872.

[4] Schweickhardt l. c. U. M. B. V. p. 227.

[5] J. Keiblinger l. c. II. Bd. 2. Abtlg. p. 55.

[6] Schweickhardt l. c. U. M. B. VI. p. 173.

[7] Schweickhardt l. c. U. M. B. VI. p. 239.

Strass. In der kleinen Kapelle des Versorgungshauses zu Strass das Hochaltarbild: Der h. Johann von Nepomuk,[1]) in der Bogenhöhe 1 Mtr. 22 Ctm., in der Seitenhöhe 94 Ctm., in der Breite 70 Ctm.; an der Seitenwand ein kleineres Bild, darstellend den h. Johann der Täufer,[2]) 63 Ctm. hoch, 41 Ctm. breit.

Weikersdorf (Gross-).

Seitenaltarbild: Das Martyrium des h. Johann von Nepomuk. Mit der Bezeichnung: Martin Johann Schmidt. 1749.[3])

Zistersdorf. Seitenaltarbild: Die h. Anna.

Viertel ober dem Mannhartsberg.[4])

Artstetten. Hochaltarbild (das ehemalige): Der h. Jakobus maj. Mit der Bezeichnung: M. J. Schmidt 1788. 2 Mtr. 84 Ctm. hoch, 2 Mtr. 89 Ctm. breit.[5])

Brand (im Heidenreichsteiner-Walde.) Hochaltarbild: Die Kreuzigung des h. Apostels Andreas. 3 Mtr. 62 Ctm. hoch, 1 Mtr. 79 Ctm. breit.[6])

---

[1]) Zur Rechten des h. Johann von Nep. kniet eine weibliche Figur mit einer Krone, goldenen Kette und einem Schilde, auf dessen rotem Grunde ein schwarzer kaiserl. Adler erscheint. Zur Linken steht ein jugendlicher Mann mit der Krone, goldenem Vliess und einem Schilde, der einen Löwen trägt. Das Bild befindet sich in einem sehr schönen goldenen Rahmen, der oben durch eine Krone verziert ist, und wurde aus dem gräfl. Breuner'schen Schlosse Grafenegg hierher gespendet. Schweickhardt, Darstellung etc. U. M. B. VII. p. 51.

[2]) Ist eine ungemein liebliche Komposition und war früher das Hochaltarbild.

[3]) Das durch das Licht der Fackel erleuchtete Dunkel der Nacht ist vortrefflich gegeben. Das Bild ist auch ziemlich gut erhalten.

[4]) Wenn v. Wurzbach in der Aufzählung der Bilder Schmidt's im Viertel ober dem Mannhartsberge auch solche im Stifte Altenburg anführt, so ist dies unrichtig; diese sind von Georg Schmidt und Paul Troger. Hon. Burger, Gesch. Darstellung des Benediktinerstiftes Altenburg (Wien 1862) p. 101.

[5]) Der Apostel ist dargestellt zu Pferde, eine Fahne in der rechten Hand haltend; zu Füssen des Pferdes liegen Heiden zu Boden gestreckt. Der Blick des Apostels ist den Wolken zugewendet, wo die h. Dreifaltigkeit, von Engeln umgeben, sichtbar ist. Die linke Hand ist ausgestreckt, wie nach den unten liegenden Heiden deutend. Das Bild war bis 1869, wo die Kirche durch Unterstützung Sr. kais. Hoheit Erzherzog Karl Ludwig restauriert wurde, das Hochaltarbild; es befindet sich gegenwärtig vis à vis der Kanzel oberhalb des Taufsteines.

[6]) Eines der besten Bilder von Schmidt, das nach dem Pfarrgedenkbuch von ihm stammt. Da die Pfarrkirche erst im Jahre 1784 gebaut wurde, so fällt die Entstehung dieses Bildes in diese Zeit. Nach der Tradition soll es aber aus dem aufgehobenen Kapuzinerkloster „Und", zwischen Krems und Stein gelegen, herstammen.

Dautendorf. An der rechten Wand des Sanctuariums ist ein grosses Oelgemälde: Der h. Thomas ab Aquino.[1]

Dross. Hochaltarbild: Der h. Georg.

Ebersdorf. Hochaltarbild: Das Martyrium des h. Blasius. Mit der Bezeichnung: M. J. Schmidt 1795. 2 Mtr. 5 Ctm. hoch, 1 Mtr. 25 Ctm. breit.[2]

Etzen. Hochaltarbild: Der h. Laurenz.[3]

Horn (St. Stephanskirche). Hochaltarbild: Der h. Stephan.

Imbach. Seitenaltarbild: Vierzehn Nothelfer.[4]

Krems (Pfarrkirche). Seitenaltarbild: Johannes Enthauptung. 1768.[5]

        „   Petrus und Paulus.[6]

        „   Allerseelen.[7]

„ (Piaristenkirche). Hochaltarbild. Mariä Himmelfahrt (Assumptio).[8] Seitenaltarbild: Der h. Aloisius.[9]

        „   Der h. Josef von Calasanz, der Ordensstifter der Piaristen.[10]

„ (Spitalkirche). Die vierzehn Kreuzwegbilder.

(Mariä) Drei Eichen. Seitenaltarbild: Der h. Leopold.[11]

Langenlois. Altarbild in der nördlichen Seitenkapelle, die Pestpatrone

[1] Eines der besten Bilder von Schmidt.

[2] Pfarrgedenkbuch der Pfarre Ebersdorf.

[3] Wurde 1802 wahrscheinlich aus der Verlassenschaft Schmidt's angeschafft, wozu das Geld durch Sammlungen aufgebracht wurde.

[4] Fr. Tschischka setzt dieses Bild in das Jahr 1737, mithin wäre es eine Jugendarbeit.

[5] (De Luca.) Das gelehrte Oesterreich 1. Bd. 2. Stück, p. 319. Nach Einigen soll er dieses Bild als achtzigjähriger Greis gemalt haben. Bei Schweickhardt l. c. O. M B. II. p. 31 steht die Jahreszahl 1768. Fr. Tschischka l. c p. 101.

[6] (De Luca.) Das gelehrte Oesterreich erwähnt dieses Bild nicht. Schweickhardt l. c.

[7] (De Luca.) Das gelehrte Oesterreich l. c. v. Schweickhardt l. c.

[8], [9], [10] Sehr schöne Bilder, namentlich das Hochaltarbild. (De Luca.) Das gelehrte Oesterreich l. c. Schweickhardt l. c. Fr. Tschischka l. c

[11] Gestiftet vom Grafen Ernst von Hoyos. Schweickhardt. Darstellung des Erzherzogtums Oesterreich u. d. Enns. O. M. B. I. p. 191. Honor. Burger. Geschichte des Stiftes Altenburg (Wien 1862) p. 216. Dieses Bild wurde 1856 restauriert.

Rochus, Rosalia und Sebastian, c. 5 Mtr. hoch, 3 Mtr. breit, oben halbkreisförmig.[1])

Loiben. Hochaltarbild: Martyrium des h. Quirinus. 1782.[2])
Seitenaltarbild: Der h. Nikolaus.[3])

Maria-Taferl. Seitenaltarbild: Christus am Kreuze. 1786.[4])
          „   Der h. Josef. 1755.[5])
In der Hauskapelle des Pfarrhofes. Altarbild: Das letzte Abendmal.[6])

Morizreith (in der Pfarre Rastbach). In der Ortskapelle daselbst das Hauptaltarbild: Die h. Familie. Mit der Bezeichnung: M. J. Schmidt 1752. 2 Mtr. 21 Ctm. hoch, 1 Mtr. 58 Ctm. breit.[7])

Niederranna.
    Seitenaltarbild (ehemaliges): Taufe Christi im Jordan. 1 Mtr. 90 Ctm. hoch, 1 Mtr. 20 Ctm. breit.[8])
    „   „   Die Rückkehr des verlornen Sohnes. 1 Mtr. 90 Ctm. hoch, 1 Mtr. 20 Ctm. breit.[9])

[1]) Dieses Bild wird von der Bevölkerung auch das Pestbild genannt. Im untern Teile desselben ist eine Gruppe von Pestkranken dargestellt, die ein Engel auf die Fürbitte der Heiligen weist. Der Zustand des Bildes ist ein guter. Im Inventarium der Pfarre ist es als Bild des „Kremser Schmidt" bezeichnet.

[2]) Loiben gehörte seit 1202 bis 1803 dem Stifte Tegernsee, und da Quirinus der Patron von Tegernsee ist, so sind demselben viele diesem Stifte einst zugehörige Kirchen geweiht. Obiges Bild ist ein sehr schönes.

[3]) Der auf Wolken schwebende h. Nikolaus hat grosse Aehnlichkeit mit den andern gleichnamigen Motiven unseres Meisters. Unten befindet sich der Markt Loiben in Wassersgefahr.

[4]) Eines der besten Bilder von Schmidt. Christus ist dargestellt im Momente des Sterbens, er hat die Worte ausgerufen: Es ist vollbracht. Maria ist in Schmerz ganz aufgelöst, aber tiefe Gottergebenheit spricht aus ihrem Antlitze. Johannes und Magdalena zeigen vortreffliche Charakteristik.

[5]) Der h. Josef ist als Schutzpatron des Ortes und der Kirche aufgefasst, auf Wolken schwebend und von Engeln umgeben, von denen einer flehend auf den Ort und die Kirche hinweist. Maria reicht ihm von ihrem Schosse aus das Christuskind entgegen.

[6]) Eine vortreffliche Skizze. 1 Mtr. 2 Ctm. hoch, 6 Ctm. breit, mit der Bezeichnung Martin Schmidt 1799.

[7]) Oberhalb der h. Familie schweben Gott Vater und der h. Geist, zu beiden Seiten sind König David, Joachim und Anna dargestellt, dann Johannes mit dem Lamme. Das Bild ist in gutem Zustande.

[8]) u. [9]) Das Pfarrgedenkbuch sagt: „In den Jahren 1781—82 wurden gelegentlich der Entfernung dreier überflüssigen Seitenaltäre im Schiffe der Kirche zwei grosse Gemälde von Martin Johann Schmidt an den Wänden rechts und

S a l l a p u l k a. Seitenaltarbild : Christus am Kreuze. 2 Mtr. 52 Ctm. hoch.[1]

S c h w a l l e n b a c h. Hochaltarbild : Der h. Sigmund. Mit der Bezeichnung : Mart. Joh. Schmidt 1767. 1 Mtr. 89 Ctm. hoch, 1 Mtr. 26 Ctm. breit.

S c h w e i g g e r s. Hochaltarbild : Der h. Egyd. Mit der Bezeichnung : Mart. Joh. Schmidt prinx. 1770. 2 Mtr. 5 Ctm. hoch, 1 Mtr. 20 Ctm. breit.[2]

S p i t z (an der Donau). Hochaltarbild : Das Martyrium des h. Mauritius. Mit der Bezeichnung : M. J. Schmidt 1794. 4 Mtr. 42 Ctm. hoch, 2 Mtr. 52 Ctm. breit.[3]

S t e i n a n d e r D o n a u.

Hochaltarbild : Der h. Nikolaus.[4]

Seitenaltarbild : Der h. Johann von Nepomuk.[5]

    „   Johannes der Täufer.[6]

Oberhalb diesem Bilde ist ein Medaillonbild : Ein Kriegsknecht bringt der Herodias das Haupt Johannes des Täufers.

Seitenaltarbild : Tod des h. Andreas.[7]

    „   Die armen Seelen.[8]

---

links angebracht". 1858 wurden diese schon schadhaft gewordenen Bilder vom akadem. Maler Joh. Hermann restaurirt und an der linken Wand des Presby-teriums aufgehängt.

[1] Ein sehr schönes Bild.

[2] Der Heilige ist dargestellt, wie er, in das Gebet versunken, vom Pfeile des Jägers getroffen wird ; an seiner Seite ist die geflüchtete Hirschkuh, im Hinter-grunde kommen zu Pferde der König und ein Jäger.

[3] Ein sehr schönes Bild. Oberhalb demselben befindet sich ein bei 1 Mtr. 26 Ctm. hohes und ebenso breites Bild von Schmidt, darstellend die h. Dreifaltig-keit, aber ohne Bezeichnung.

[4] Die Bilder in der Pfarrkirche zu Stein gehören zu den besten des Meisters. Nach dem Hochaltarbilde besitzen wir eine eigenhändige Radirung Schmidt's. 1756 kl. Fol. N a g l e r. Allgem. Künstlerlexikon XV. 350. Die Komposition dieses Bildes hat grosse Aehnlichkeit mit jener gleichnamigen in der Domkirche zu Waizen.

[5] Die Komposition dieses Bildes hat gleichfalls grosse Aehnlichkeit mit jener gleichnamigen im Dome zu Waizen.

[6] (De Luca.) Das gelehrte Oesterreich. I. Bd. 2. St. p. 348. S c h w e i c k - h a r d t l. c. p. 57.

[7] (De Luca.) Das gelehrte Oesterreich. I. Bd. 2. St. p. 348. S c h w e i c k - h a r d t l. c.

[8] (De Luca.) Das gelehrte Oesterreich. I. Bd. 2. St. p. 348. S c h w e i c k - h a r d t l. c.

Seitenaltarbild: Die h. Katharina.

„   Die h. Familie.[1])

Beim Altartisch ein kleines Bild: Christus am Kreuze.

Ueber den Chorstühlen zu beiden Seiten des Presbyteriums zwei Brustbilder: Christus und Maria.

Tiernstein.

Hochaltarbild: Mariä Himmelfahrt (Assumptio).[2])

Seitenaltarbild: Die h. Monica.[3])

„   Martyrium der h. Katharina.[4])

Wösendorf.

Hochaltarbild: Martyrium des h. Florian.

Seitenaltarbild: Christus am Kreuze.

„   Tod des h. Josef.

2. IN OBERÖSTERREICH.

Buchkirchen bei Wels.

Hochaltarbild: Der h. Jakobus der Aeltere predigt dem Volke. 3 Mtr. 80 Ctm. hoch, 2 Mtr. 43 Ctm. breit.[5])

Seitenaltarbild: Die Taufe Christi. 1 Mtr. 87 Ctm. hoch, 1 Mtr. 2 Ctm. breit.[6])

„   Christus am Kreuze, ebenso hoch und breit.[7])

Feldkirchen im Mühlkreise.[8]) In der Pfarrkirche St. Michael.

Hochaltarbild: Sturz der Engel durch den h. Erzengel Michael. Unten links steht: Martin Johann Schmidt fecit 1773. 3 Mtr. 6 Ctm. hoch, 1 Mtr. 67 Ctm. breit.

---

[1]) Ober der h. Familie sind der h. Geist und Gott Vater. (De Luca.) Das gelehrte Oesterreich. 1. Bd. 2. St. p. 34. Schweickhardt l. c.

[2]) Ober dem Bilde stehen die Worte: „O Maria exaltata | esto nostra advocata apud filium tuum." Dieses Bild hat weniger Wert, als die bei den Seitenaltarbilder.

[3]) Monica, die Mutter des h. Augustinus kniet vor dem Bischofe Ambrosius, welcher sie mit den Worten tröstet: „Es ist nicht möglich, dass die Mutter so vieler Thränen verloren gehen kann". Oben stehen die Worte: „sancta mater Monica | per flectus tua monita | salvetur nostra anima."

[4]) Darüber stehen die Worte: „Sancta Katharina | eja triumphatrix fortis O sis nobis die mortis."

[5]) Restauriert von Professor Grandauer.

[6]) und [7]) Sind Gegenstücke, oben abgerundet und ziemlich gut erhalten.

[8]) Vgl. auch Fr. Tschischka l. c. p. 113.

Seitenaltarbild: Tod des h. Josef. Mit der Bezeichnuug: Martin
Johann Schmidt fecit 1772. 1 Mtr. 77 Ctm. hoch,
1 Mtr. 30 Ctm. breit.

Kremsmünster (Markt). In der Johanneskirche.

Hochaltarbild: Taufe Christi. 2 Mtr. 61 Ctm. hoch, 1 Mtr. 37 Ctm.
breit.[1])

Seitenaltarbild: Die Geburt Christi. 1 Mtr. 90 Ctm. hoch, 1 Mtr.
58 Ctm. breit.[2])

Kremsmünster (Stift). In der 1801 renovierten Frauenkapelle der
Stiftskirche: Mariä Himmelfahrt. Mit der Bezeichnung: Martin
Schmidt fecit 1799. 3 Mtr. 80 Ctm. hoch, 2 Mtr. 22 Ctm. breit.
Oben abgerundet.[3])

Im Besitze des Stiftes befinden sich noch: Die Steinigung des
h. Stephan. Mit der Bezeichnung: Mart. Joh. Schmidt pinx.
A. 1801, 4 Mtr. 11 Ctm. hoch, 2 Mtr. 43 Ctm. breit, oben abgerundet.[4]) — Das Opfer des Noa, und Abraham will Isaak
opfern. 1 Mtr. 56 Ctm. hoch. 1 Mtr. 17 Ctm. breit.[5]) — Enthauptung der h. Katharina. 1 Mtr. hoch, 1 Mtr. 29 Ctm. breit.[6])
— Christi Kreuzigung und Christi Abname. 92 Ctm. hoch, 63 Ctm.
breit.[7]) — Maria mit dem Kinde und dem h. Josef. Mit der Bezeichnung: M. S. 1795. 75 Ctm. hoch, 61 Ctm. breit.[8]) — Die
beiden Apostel Petrus und Paulus vor ihrem Martyrium Abschied
nemend. 61 Ctm. hoch. 33 Ctm. breit.[9]) — Christi Verklärung.
Mit der Bezeichnung: M. S. f. A. 1799. 93 Ctm. hoch, 67 Ctm.
breit.[10]) — Die Anbetung des Jesukindes durch die Hirten. Mit
der Bezeichnung: M. J. Schmidt A. 1759. 1 Mtr. hoch, 1 Mtr.

---

[1]) Gut erhalten.

[2]) Gut erhalten.

[3]) Sehr gut erhalten. Kirchliche Topographie VIII. p. 378.

[4]) War früher das Hochaltarbild der Stiftskirche Thalheim bei Wels und
soll nächstens wieder zur Aufstellung kommen. Ist gut erhalten, hat aber sehr
nachgedunkelt. Von diesem Bilde befindet sich auch die Skizze im Stifte Kremsmünster, 71 Ctm. hoch, 46 Ctm. breit, gut erhalten, viereckig.

[5]) Gegenstücke. Sehr gut erhalten.

[6]) Sehr gut erhalten.

[7]) Gegenstücke nach dem bekannten Gemälde Rubens, eine reiche Komposition und noch sehr gut erhalten.

[8]) Halbe Figuren: sehr gut erhalten.

[9]) Sehr gut erhalten.

[10]) Hat gelitten; die Leinwand tritt schon an vielen Stellen zu Tage.

25 Ctm. breit.[1] — Selbstporträt Schmidt's im astronom. Turm.
84 Ctm. hoch, 33 Ctm. breit.[2]

L a m b a c h (Benediktinerkloster).[3] In der Gemäldegallerie zwei Bilder:
1. Der ungläubige Thomas[4]) und 2. das Martyrium des h. Coloman. Unten steht: pinxit M. Schmidt 1778.[5])

L i n z. In der Kirche der barmherzigen Brüder.[6]
Hochaltarbild: Immaculata.

" In der Minoriten- oder Landhauskirche.[7]
Seitenaltarbild: Kreuzigung Christi.

" Johann von Nepomuk.

" Franziskus Seraph.

" Josef von Kopertino.
Die vierzehn Kreuzwegbilder.

M a u t h h a u s e n.[8]) Hochaltarbild: Der h. Nikolaus. 3 Mtr. 16 Ctm.
hoch, 1 Mtr. 89 Ctm. breit.

N e u f e l d e n.[9]) Die Seitenaltarbilder.

S t. L e o n h a r d (bei Spital am Pyhrn). Hochaltarbild: Der h. Leonhard
erscheint zwei im Kerker Schmachtenden. Bezeichnet: Mart. J.
Schmidt 1774.
Seitenaltarbild: Martyrium der h. Katharina.

" Martyrium der h. Barbara.
Jedes der drei Bilder ist 1 Mtr. 58 Ctm. hoch und etwas über
94 Ctm. breit.

S t. V e i t a m P e t e r s b e r g.[10]) Hochaltarbild: St. Veit.

S c h w a r z e n b e r g.[11]) Hochaltarbild: St. Johann von Nepomuk.

---

[1]) Sehr gut erhalten.
[2]) Kirchliche Topographie VIII. p. 390.
[3]) (De Luca.) Das gelehrte Oesterreich 1. Bd. 2. Stück p. 350.
[4]) Gestochen von P. Col. Fellner.
[5]) Wahrscheinlich gemalt für seinen talentvollen Schüler P. Coloman
Fellner während dessen Anwesenheit in Stein.
[6]) Fr. Tschischka l. c. p. 109.
[7]) (De Luca.) Das gelehrte Oesterreich. 1. Bd. 2. Stück p. 350 f. Fr.
Tschischka l. c. p. 111
[8]) Fr. Tschischka l. c. p. 116. Statt dieses Bildes werden in den verschiedenen Festzeiten aufgestellt: 1. Christus am Kreuze; 2. Maria Verkündigung;
3. Maria Himmelfahrt. Diese drei Bilder haben stark nachgedunkelt, sind aber
sonst im guten Zustande. 4. Das h. Abendmal (sehr schadhaft): Maria mit dem
Jesukind (ziemlich schadhaft): Auferstehung des Herrn (sehr schadhaft).
[9]) Fr. Tschischka l. c. p. 116.
[10]) Kirchliche Topographie. XVIII. p. 341. Fr. Tschischka l. c. p. 119.
[11]) Fr. Tschischka l. c. p. 119.

Spital am Pyhrn.[1])

Seitenaltarbild: Christus unter seinen Aposteln. In der rechten
Ecke: Martin Joh. Schmidt. 3 Mtr. 62 Ctm. hoch,
1 Mtr. 89 breit.[2])

Christus am Kreuze. Ebenso hoch und breit.[3])

„ Der h Otto, Bischof von Bamberg. Mitten im
Bilde steht: Martin Joh. Schmidt. Ao. 1781.
Ebenso hoch und breit.[4])

„ Der h. Dominikus. Ebenso hoch und breit.[5])

Im Speisesaal des einstigen Kollegiatstiftes sind vierzehn Bilder.

Steier. In der Kapuzinerkirche.[6]) Seitenaltarbild: Die h. Magdalena.

Vorderstoder. Hochaltarbild: Mariä Himmelfahrt. Mart. Joh. Schmidt
1770. 4 Mtr. 5 Ctm. hoch, 2 Mtr. breit.[7])

---

[1]) (De Luca.) Das gelehrte Oesterreich. I. Bd. 2. St. p. 350 hat die Bilder
der Kirche nicht erwähnt, und Fr. Tschischka l. c. p. 126 die Bilder des
Speisesaales übergangen. Vgl. auch den IV. Bericht über das Bestehen und Wirken
des histor. Vereines zu Bamberg. (Jahrg. 1841) p. 177. Ausser den angeführten
Seitenaltarbildern sind noch zu erwähnen: ein Wandbild im schwarzen Holzrahmen,
darstellend Maria am Fusse des Kreuzes sitzend, wie sie den Leichnam Jesu
im Schosse trägt (2 Mtr. 4 Ctm. hoch und 1 Mtr. 41 Ctm. breit); der h. Josef
mit dem schlafenden Jesukind (ein sehr schönes Bild, namentlich ist das Jesukind
in Schmidt'scher Manier allerliebst; auf Blech 9 Decm. 7 Ctm. hoch. 71 Cm.
breit): Herz Jesu (ebenfalls auf Blech und in gleicher Grösse).

[2]) Christus ist dargestellt im langen, weissen Gewande und das Haupt
mit Stralen umgeben, als er eben zu seinen Apostel sagt: Gehet hin in die ganze
Welt und lehret alle Völker. Dieses Bild ist sehr schadhaft.

[3]) Zur Rechten Maria und Johannes, zur Linken der Soldat mit der Lanze
und zu Pferde, am Fusse des Kreuzes kniet Magdalena und umklammert dasselbe.

[4]) Der h. Otto. Stifter des Hospitals gleichen Namens. weiht das Stift der
Mutter Gottes. Diese steht in der oberen Hälfte des Bildes auf dem Halbmonde
und trägt das Jesukind auf dem linken Arme. Rechts kniet der h. Otto (die
Hauptfigur) und streckt die Hände zu Maria empor. Ein Engel trägt das Stifts-
wappen. Es ist ein schönes Bild und noch ziemlich gut erhalten.

[5]) Der Heilige ist in knieender Stellung, wie er im Gebete die Hände zu
Maria emporhebt. Das Jesukind, das Maria auf dem rechten Arme hält, reicht
einem Engel den Rosenkranz.

[6]) (De Luca.) Das gelehrte Oesterreich. I. Bd. 2. St. p. 350.

[7]) Maria ist dargestellt mit ausgebreiteten Händen. und das Haupt von
einem Sternenkranz umstralt; Engel tragen sie jubelnd aufwärts zum Himmel.
Im untern Raume des Bildes kniet der Markgraf Leopold der Heilige. Patron
der Kirche, und blickt in Ehrfurcht zu Maria. Die Anschaffung des Bildes geschah
durch den Propst Josef Franz Grundner des einstigen Kollegiatstiftes Spital am
Pyhrn, dem die Pfarre Vorderstoder inkorporiert war. Das Bild, dessen Kolorit
besonders bemerkenswert ist, ist noch gut erhalten.

Walding.[1]) Hochaltarbild: Die h. Anna. Mart. Joh. Schmidt 1770.
1 Mtr. 87 Ctm. hoch, 1 Mtr. 32 Ctm. breit.

Waitzenkirchen.[2])

Hochaltarbild: Abschied der Apostel Petrus und Paulus vor dem
Martyrium. 1790. 3 Mtr. 61 Ctm. hoch, 2 Mtr.
7 Ctm. breit.

Seitenaltarbild: Maria Hilf. 1775. 2 Mtr. 90 Ctm. hoch. 1 Mtr.
90 Ctm. breit.

Ein Osterbild de anno 1800. 2 Mtr. 87 Ctm. hoch, 1 Mtr. 59 Ctm.
breit.

Ein Weihnachtsbild von gleicher Grösse. Martin Joh. Schmidt fecit.
1801.[3])

Weissenbach (auch Ober-Weissenbach genannt). Hochaltarbild: Die
Apostel Petrus und Paulus.[4])

Weissenberg. Schloss des Stiftes Kremsmünster. In der Kapelle
daselbst: Mariä Verkündigung und die Taufe Christi. Jedes
2 Mtr. 6 Ctm. hoch, 1 Mtr. 27 Ctm. breit.[5])

3. IN SALZBURG.

Aiglhof bei Maxplan. Altarbild in der dortigen Kapelle: Christus und
der ungläubige Thomas. 1796.[6])

[1]) Fr. Tschischka l. c. p. 120. Dieses Bild befindet sich in der St.
Annenkapelle, die mit der Pfarr- und Wallfahrtskirche Walding in Verbindung
steht. Die h. Anna ist sitzend dargestellt, eine aufgeschlagene Bibel auf den
Knieen haltend und die Augen gegen den Himmel gerichtet, von wo der h. Geist
seine erleuchtenden Stralen ihr zusendet. Zur Rechten steht der h. Joachim, zur
Linken das kleine, überaus liebenswürdige Kind Maria in weisser Kleidung, wie
es eben den Unterricht erhält. Maria zur Linken, mehr nach rückwärts zu, stehen
Engel, welche ihr Rosen und Lilien in's Haar flechten, ein anderer Engel, mehr
nach vorwärts zu, spielt auf einer achtsaitigen Laute. Das Bild hat leider durch
Restaurierung gelitten. Da die St. Annenkapelle im Jahre 1769 durch Privat-
wohlthätigkeit gebaut wurde, so ist anzunehmen, dass das Bild für diese Kapelle
bei Schmidt bestellt und auch durch wohlthätige Gaben bezahlt wurde.

[2]) Kirchliche Topographie. XVII. p. 156.

[3]) Dürfte das letzte Gemälde vor seinem Tode gewesen sein.

[4]) Kirchliche Topographie. XVIII. p. 245.

[5]) Gut erhalten.

[6]) Obige Jahreszahl ist den Stiftsrechnungen entnommen. Für dieses Bild
erhielt er 72 fl.

Gröding bei Salzburg. Hochaltarbild: Der auf Wolken knieende
h. Florian.

Radstadt.[1]) In der Kapuzinerkirche. Hochaltarbild: Maria mit dem
Jesukinde.   ▾

Salzburg. In der Stiftskirche St. Peter.[2])

   Hochaltarbild: Maria mit dem Kinde. St. Benedikt und die beiden
      Apostelfürsten Petrus und Paulus.[3]) Oberbild: Die
      h. Dreifaltigkeit.[4])

   Seitenaltarbild: Enthauptung Johannis.[5]) 1777. Oberbild: Die
      h. Anna Maria im Lesen lehrend.[6])

     „   Der h. Bischof Vitalis in der Glorie.[7]) 1777.
      Oberbild: Der h. Andreas am Kreuze.

     „   Die h. Familie.[8]) Oberbild: Der h. Bonifazius als
      Märtyrer.

      Der Tod des h. Benedikt.[9]) Oberbild: Der h.
      Sebastian.

Ein Oberbild: Der h. Rochus, Bekenner.[10])

Ein Oberbild: Der h. Bischof Virgilius.

   Gegen Eingang der Kirche zu sind auf zwei an Säulen angelehnten Altären: Die Ueberreichung des Scapuliers durch die h.

---

[1]) Fr. Tschischka l. c. p. 137.

[2]) Kirchliche Topographie. X. p. 369)

[3]) Fr. Tschischka l. c. p. 131. Maria im weissen Gewande, umgeben
von Chören der Engel und Erzengel (Michael. Gabriel. Raphael): unten sind die
Apostel Petrus und Paulus und der h. Benedikt in Anbetung versunken. Das
Kolorit ist düster. Für dieses Bild erhielt Schmidt nach den Stiftsrechnungen
1000 fl.

[4]) Das Kolorit dieses Bildes ist heiter und feierlich.

[5]) Effektvolles Helldunkel. Carnation d. h. Johannes minder gut. Die obige
Jahreszahl ist wie bei dem nächstfolgenden Bilde den Stiftsrechnungen entnommen. Für beide Bilder erhielt Schmidt 1000 fl.

[6]) Sehr flüchtig in Zeichnung, Farbe und Modellierung.

[7]) Höchst effektvoll. besonders ist der den nackten Rücken zeigende Engel
von plastischer Wirkung: Detail der Anatomie flüchtig. Nach Pillwein sollten
diese drei grossen Bilder Nr. 13. 15 und 17 auf Kupferplatten gemalt worden
sein. was aber, wie es sich bei der Restaurierung derselben durch Martin Pitzer
in Herzogenburg gezeigt hat, nicht der Fall ist.

[8]) (Ein sehr schönes Bild. (De Luca.) Das gelehrte Oesterreich. I. Bd.
2. St. p. 350.

[9]) Schönes, gesättigtes Kolorit und auch im Detail gut ausgeführt.

[10]) Gegenüber dem Rupertusaltar; eines der flüchtigsten Bilder von Schmidt.
(De Luca.) Das gelehrte Oesterreich. I. Bd. 2. St. p. 350.

Jungfrau Maria an den h. Simon. ¹) Christus unter seinen Aposteln lehrend.²) Oberbild: Der h. Kaiser Heinrich.

Altarbilder der fünf Kapellen, u. z.: in der Nothelferkapelle das Hochaltarbild: Die vierzehn Nothelfer.³) Oberbild:⁴) Der h. Johannes von Kreuz.⁵) — In der Scholasticakapelle das Hochaltarbild: Die h. Theresia. Oberbild: Der h. Johann von Nepomuk. — In der Georgskapelle das Hochaltarbild: Maria Immaculata.⁶) Oberbild: Der h. Georg.⁷) — In der Sebastianikapelle das Hochaltarbild: Eine Pietà.⁸) Oberbild: Der h. Sebastian.⁹) — In der Magdalenenkapelle: Die Anbetung des h. Lammes durch die h. Jungfrauen.¹⁰) Oberbild: Die h. Magdalena.

In der Prälatur des Stiftes St. Peter befinden sich folgende Bilder:

1. Die Skizze zum Hochaltarbilde.¹¹)
2. Eine Alternativskizze zum Hochaltarbild, darstellend den Abschied des h. Petrus vom Paulus vor ihrer Hinrichtung.¹²)
3. Skizze: Simons Marter.¹³)
4. „ Marter des h. Vitus.¹⁴).

---

¹) Ein sehr schönes Bild. (De Luca.) Das gelehrte Oesterreich. I. Bd. St. p. 350.

²) Die Komposition frostig, dabei im Manierismus eines Piazetta. (De Luca.) Das gelehrte Oesterreich. I. Bd. 2. St. p. 350.

³) Die Haupt- und Oberbilder dieser Kapellen sind Meisterwerke Schmidt's: das Bild der 14 Nothelfer zeigt schöne Gruppierung und edles Kolorit.

⁴) Kniestück: schönes Kolorit.

⁵) Gute Komposition.

⁶) Eines der schönsten Bilder Schmidt's.

⁷) Durch ein sehr saftiges Kolorit ausgezeichnet.

⁸) Trägt die Spuren des Fà presto deutlich an sich.

⁹) Ein sehr schönes, in der Farbe heiteres Bild.

¹⁰) Phantasiereiche Komposition. Das Bild ist auch gut erhalten.

¹¹) Diese Skizze befindet sich in der Prälatenkapelle. Diese Stimmung ist klarer.

¹²) Diese Skizze, welche sich eben daselbst befindet, ist dem Marienaltarbilde vorzuziehen.

¹³) In der Prälatenkapelle. Zeigt eine harte Pinselführung, flüchtige und unsichere Zeichnung: Komposition absurd.

¹⁴) Ein Entwurf zu einem grossen Altarbilde: voll strotzender Phantasie und brillanter Farbe. In der Prälatenkapelle. Ganz dieselbe Komposition, eine Oelskizze von Schmidt's Schüler Anton Mayer, befindet sich im Besitze des Herrn Martin Schmidt, Lederermeister in Stein. Der hochw. Herr Konsistorialrath und emer. Rektor der Piaristen in Krems, Ferdinand Bruckner, besitzt ein Bild, das ebenfalls das Martyrium des h. Veit darstellt. Es ist 63 Ctm. breit und 1 Mtr. 26·4 Ctm. hoch.

5. Bild: Christus am Kreuze.[1])

6. „ Auferweckung des Lazarus.[2])

Im Naturalienkabinet. Maria mit dem Jesukinde und der h. Antonius von Padua. 17·40 Ctm. hoch, 52 Ctm. breit.

Im grossen Refectorium.

1. Die wunderbare Speisung der 5000 am See Tiberias. mit beiläufig 200 Figuren.[3])

2. Predigt des Heilandes aus dem Schiffe am Ufer des Sees Genesareth, mit beiläufig 30 Figuren.[4])

3. Christus im Sturme auf dem See schlafend, mit beiläufig 10 Figuren.[5])

An der Pfarrkirche, ehemaligen Augustinerkirche, steht oben an der breiten Treppenhalle vor der geräumigen Kirche eine Kapelle, darin ein Bild von M. J. Schmidt angebracht ist: Die h. Dreifaltigkeit.[6]) Oberbild: Der h. Schutzengel.[7])

In der Wallfahrtskirche Maria Plain sechs lebensgrosse Kniestücke an den Wänden:

1. Der h. Benedikt und seine Schwester Scholastica.[8])

2. Der h. Benedikt wie er den vergifteten Wein segnet.[9])

3. Der h. Placidus.[10])

4. Der h. Wolfgang.[11])

---

[1]) Das Helldunkel ist in vollendeter Weise durchgeführt: die Personen können Anfangs nur geahnt werden, erst nach längerer Betrachtung treten sie geisterhaft aus dem Dunkel hervor. Gegenwärtig im Priorate befindlich.

[2]) Eine schöne Komposition: doch hat dieses Bild, das sich im Empfangzimmer der Prälatur befindet, ziemlich gelitten.

[3]) Schmidt malte dieses Bild im hohen Alter — es wurde im Jahre 1800 bestellt — daher die Detailzeichnung stellenweise schon sehr unsicher ist. Das Kolorit ist wirkungsvoll, aber an dunklen Stellen erkennt man die ungeschickte Hand eines Restaurateurs.

[4]) Eine Komposition voll Leben und Wahrheit.

[5]) In Farbe und Komposition klar: doch die Behandlung flüchtig.

[6]) Dieses Bild, welches nach Kolorit und Komposition zu den besten Bildern Schmidt's zählt, wurde wiederholt kopiert, so von Zebhauser jun. als Oberblatt des Hochaltars in der Sebastianskirche in Salzburg und von Andreas Langwieser für die Nonnenkirche in Landshut.

[7]) Streng gezeichnet.

[8]) Man vermisst eine strenge Modellierung der Details.

[9]) Charakteristisch im Ausdruck, kräftig im Kolorit.

[10]) Wenig gelungen in der Zeichnung.

[11]) Dieses Bild hat stark gelitten.

5. Der h. Leonhard.[1])
6. Eine Benediktiner-Heilige mit Todtenkopf und Büsserkreuz.
7. Mater Dolorosa.[2])

In Strasswalchen.

---

4. IN TIROL.

Reitta. In der Kirche der h. Elisabet ein Altarbild: Mariä Himmelfahrt.[3])

5. IN KÄRNTEN.

Benediktinerstift St. Paul in Lavanthale.[4]) Dieses Stift besitzt
folgende Gemälde:

1. Jakob wälzt den Stein vom Brunnen. (Genes. 29. 10.) 2 Mtr.
   32 Ctm. hoch, 2 Mtr. 92 Ctm. breit.
2. Christus übergiebt dem h. Petrus die Schlüssel. 1 Mtr. 38 Ctm.
   hoch, 1 Mtr. 40 Ctm. breit.
3. Befreiung des h. Petrus aus dem Kerker durch den Engel.
   1 Mtr. 41 Ctm. hoch, 1 Mtr. 41 Ctm. breit.
4. Das h. Abendmal. 2 Mtr. 27 Ctm. hoch, 3 Mtr. 90 Ctm. breit.
5. Elieser am Brunnen. (Genes. 24. 17.) 2 Mtr. 30 Ctm. hoch,
   2 Mtr. 92 Ctm. breit.
6. Christus mit der Samaritanerin am Jakobsbrunnen. 2 Mtr. 28 Ctm.
   hoch, 1 Mtr. 41 Ctm. breit.
7. Christus am Kreuze. 2 Mtr. 26 Ctm. hoch, 1 Mtr. 44 Ctm. breit.

---

[1]) Zeigt in den nackten Teilen der drei Gefangenen, welche Leonhard
tröstet, Schmidt's Bravour.

[2]) Das Kolorit der Bilder f. und g. ist à la Rothmayr, daher sie in älteren
Büchern, namentlich Reisebeschreibungen Rothmayer oder auch Sandrat zugeschrieben werden; neuestens aber wurden sie wieder Schmidt zuerkannt.

[3]) (De Luca.) Das gelehrte Oesterreich. 1. Bd. 2. St. p. 350. Auf einer
eigenhändigen Radierung Schmidt's ist es aber bezeichnet: Assumptio B. M.
Mariae. Nach dem Altarbilde zu Reita in Schwaben bei Bonna Elisabet 1764.

[4]) Die sämmtlichen im Besitze des Stiftes St. Paul befindlichen und noch
sehr gut erhaltenen Bilder sind in schwere eichene Rahmen mit innerem Gold-
rand gefasst, und ist keines derselben ein Altarbild.

8. Hagar in der Wüste. (Genes. 21. 15–18.) 2 Mtr. 27 Ctm. hoch, 1 Mtr. 45 Ctm. breit.

9. Daniel in der Löwengrube. (Dan. 14. 35.) 2 Mtr. 28 Ctm. hoch, 1 Mtr. 44 Ctm. breit.

10. Die drei Engel bei Abraham. 2 Mtr. 29 Ctm. hoch, 1 Mtr. 44 Ctm. breit.

11. Erscheinung Christi nach seiner Auferstehung von den dargereichten Fischen essend. (Luc. 24. 42. 43.) 2 Mtr. 29 Ctm. hoch, 1 Mtr. 45 Ctm. breit.

12. Dem Elias erscheint der Engel in der Wüste. (3 Reg. 19. 4–6.) 2 Mtr. 30 Ctm. hoch, 1 Mtr. 43 Ctm. breit.

13. Die Fusswaschung. 2 Mtr. 25 Ctm. hoch, 2 Mtr. 57 Ctm. breit.

14. Christus bei den Schwestern des Lazarus. (Luc. 10. 40—42.) 2 Mtr. 39 Ctm. hoch, 1 Mtr. 43 Ctm. breit.

----

6. IN STEIERMARK.

Graz. Im Jesuitenkollegium im Münzgraben (im Klostergange): Kleine Skizzen der Leidensstationen.[1]

In der Pfarrkirche Maria Hilf in der Murvorstadt. Seitenaltarbild: Der h. Erzengel Michael mit der Wage.[2]

Im Krankenzimmer des Klosters der Elisabetinerinnen in der Murvorstadt: Mehrere kleine Gemälde.[3]

In der steierm.-ständ. Bildergallerie (im Joanneum) mehrere Bilder: Judith und Holofernes, Tochter Jephtas, Alcibiades und Timandra, St. Petrus und Magdalena.[4]

Göss. Seitenaltarbild: Kreuzigung Christi. 2 Mtr. 73 Ctm. hoch, 1 Mtr. 71 Ctm. breit. Martin Joan. Schmidt 1791.[5]

„ Maria mit dem Jesukinde. Ebenso hoch und breit.[6]

----

[1], [2] und [3] C. v. Wurzbach's Biograph. Lexikon. XXX. B. p. 297.

[4] Nagler. Allgem. Künstlerlexikon. XV. p. 350.

[5] Sehr gut erhalten.

[6] Sehr schönes Bild und gut erhalten. In dieser Kirche ist noch ein kleineres Bild: Der Kampf des Erzengels Michael mit dem Drachen mit der Jahreszahl 1791, das ohne Zweifel von Joh. M. Schmidt herrührt, wenngleich der Name nicht mehr sichtbar ist.

Maria Trost (bei Graz). Hochaltarbild: Maria mit dem Jesukinde im Schoss. Von gleicher Grösse.

Oberburg (bei Cilli).[1]) Seitenaltarbild: Geburt Christi.

          „   Das Abendmal.

          „   Die Auferstehung.

          „   Mariä Himmelfahrt.

St. Oswald (bei Zeiring). Auf dem Hochaltare werden zu den entsprechenden Zeiten aufgestellt:

1. Immaculata. 1 Mtr. 6 Ctm. hoch, 1 Mtr. 26 Ctm. breit.
2. Geburt Christi. M. J. Schmidt. Fecit 1790. Von gleicher Höhe und Breite.
3. Christus erscheint den Jüngern bei verschlossenen Türen: der ungläubige Thomas. Von gleicher Höhe und Breite.

Rein. In der Stiftskirche. Hochaltarbild: Geburt Christi.[2])

Rottenmann.

    Seitenaltarbild: Der h. Anton von Padua. 2 Mtr. 4 Ctm. hoch, 1 Mtr. 12 Ctm. breit.[3])

         „   Der h. Josef. 2 Mtr. 1 Ctm. hoch, 1 Mtr. 12 Ctm. breit.[4])

         „   Der h. Franz Xav. Von gleicher Höhe und Breite.[5])

Seckau. Im Bergschlosse (nächst Leibnitz) einige Gemälde.[6])

Strassengel. Seitenaltarbild: Der h. Sebastian.[7])

---

[1]) (De Luca.) Das gelehrte Oesterreich. I. Bd. 2 St. p. 350. Fr. Tschischka l. c. p. 165.

[2]) Dieses Bild wird irrtümlich noch als das Hauptaltarbild in der Kirche zu Strassengel ausgegeben, wurde aber schon 1779 bei der Restaurierung dieser Kirche in die Stiftskirche zu Rein überbracht, wo es im Jahre 1816 an die Stelle des eines künstlerischen Wertes ermangelnden Hauptaltarbildes Mariä Himmelfahrt aufgestellt wurde. Vgl. Mitteilungen des historischen Vereines für Steiermark, VIII. Heft (Jahrg. 1858) p. 103. Fr. Tschischka l. c. p. 163 schreibt dieses Bild irrig G. Schmidt zu.

[3]), [4]) und [5]) Alle drei gut erhalten.

[6]) Fr. Tschischka l. c. p. 164.

[7]) Nach Leitner (Vaterl. Reise von Gräz über Eisenerz nach Steier. Wien 1798) wären hier drei Bilder Schmidt's, und unter diesen das des h. Sebastian das beste. Vgl. dagegen Note 7.

7. IN KRAIN.

Krainburg. Hochaltarbild: Im Oberteile desselben sind die drei Pestpatrone: Rochus, Fabian und Sebastian.[1])

Laibach. In der Domkirche. Hochaltarbild: Immaculata.[2])

K. k. Militär-Spitalskapelle. Hochaltarbild: Mariä Verkündigung.[3])

Michelstetten.[4]) Im ehemaligen Kloster der Dominikanerinnen.
Hochaltarbild: Mariä Verkündigung.[5])

Seitenaltarbild: Marter der h. Katharina.

,, Das Wunder des h. Dominikus.[6])

,, Die Taufe Christi.[7])

,, Der Tod des h. Josef.

,, Das Wunder des h Vincenz.

,, Der h. Stephan, der erste Märtyrer.[8])

8. IN UNGARN.

Waizen. Im Dome daselbst.

Hochaltarbild: Mariä Himmelfahrt.[9])

Seitenaltarbild: Christus am Kreuze. 1774.[10]) 7 Mtr. 58 Ctm. hoch.

[1]) In der Tiefe ist die Pest dargestellt; gute Komposition. Vgl. Blätter
aus Krain l. c. (De Luca.) Das gelehrte Oesterreich. 1. Bd. 2. St. p 350.

[2]) (De Luca.) Das gelehrte Oesterreich. 1. Bd. 2. St. p. 350.

[3]) Die Komposition ist fast genau dieselbe wie jene des Hochaltarbildes
in Michelstetten, nur Gott Vater fehlt und Maria hat einen andern Platz.

[4]) Ueber die Bilder in Michelstetten vgl. (De Luca.) Das gelehrte Oesterreich. I. Bd. 2. St. p. 350. Blätter aus Krain. Beilage zur Laibacher Zeitung.
III. Jahrg. 1859, p. 156, 160, 192.

[5]) Eine weihevolle Komposition, doch hat das Bild schon stark gelitten.

[6]) Der h. Dominikus hatte ein Buch gegen die Waldenser und ihre
häretische Lehre geschrieben; er unterzieht es nun dem Gottesurteile der Feuer-
probe und es bleibt unversehrt.

[7]) Die Komposition dieses Bildes steht selbst hinter der gleichnamigen
zurück.

[8]) Es ist das wertvollste unter den Bildern in Michelstetten.

[9]) Fr. Tschischka l. c. p. 283.

[10]) Dieses Bild zeigt uns eine äusserst belebte Komposition. Die Kriegs-
knechte im Vordergrunde würfeln um die Kleider des Herrn, das Kreuz des
rechten Schächers wird eben aufgerichtet, während dem linken Schächer die
Beine zerschmettert werden. Paul Haubenstricker hat 1779 eine Radierung
darnach angefertigt.

Seitenaltarbild: Johann von Nepomuk.[1]) In gleicher Höhe.

„ Der h. Nikolaus.[2]) In gleicher Höhe.

Salova. Seitenaltarbild: Der h. Schutzengel.[3])

9. IN MÄHREN.

Brünn. In der Kathedralkirche zu St. Peter.

Seitenaltarbild: Der h. Johann der Täufer.[4])

„ Die h. Barbara.[5])

Obrowitz. Seitenaltarbild: Der h. Augustin im Gebete.[6])

„ Der h. Norbert vor dem Altare die Monstranze erhebend.[7])

Königsfeld. In der Sakristei der ehemaligen Karthause.

Altarbild: Der h. Michael straft die abgefallenen Engel.[8])

Pulgram oder Pulgare. Hochaltarbild: Der h. Egydius.[9])

Wranau. Seitenaltarbild: Der h. Franz von Sales.[10])

„ Der h. Johann von Nepomuk.[11])

Dann die kleineren Bilder: Der h. Franz X. und Alexander.[12])

---

[1]) Nach diesem Bilde besitzen wir eine eigenhändige Radierung Schmidt's mit der Bezeichnung: „St. Johann von Nepomuck bittet den Heiland für die Kranken" 1779. Kl. Fol. Nagler, Künstlerlexikon XV. p. 350.

[2]) Auch nach diesem Bilde besitzen wir eine eigenhändige Radierung Schmidt's mit der Bezeichnung: „St. Nikolaus. Patron der Schiffer" 1770, gr. 8.

[3]) (De Luca.) Das gelehrte Oesterreich. I. Bd. 2. St. p. 350.

[4]) Ernst Hawlik. zur Geschichte der Bau-, der bildenden und zeichnenden Künste in Mähren, Brünn 1838, p. 42. — Gr. Wolny. die Markgrafschaft Mähren, topogr., statist. und histor. geschildert. II. Bd. Brünner Kreis 1. Abteil. p. 15. Fr. Tschischka l. c. p. 251.

[5]) L. c. Sind sehr gute Bilder.

[6]) und [7]) Ernst Hawlik l. c. — Gr. Wolny l. c. II. Bd. (Brünner Kreis, 2. Abteil. p. 237.)

[8]) Ernst Hawlik l. c. — Gr. Wolny l. c. II. Bd. (Brünner Kreis, 2. Abteil. p. 19.)

[9]) (Gr. Wolny l. c. II. Bd. (Brünner Kreis, 2. Abteil. p. 212.)

[10]) und [11]) Ernst Hawlik l. c. — Gr. Wolny l. c. II. Bd. (Brünner Kreis, 2. Abteil. p. 342.)

[12]) Gr. Wolny l. c.

II. Fresken.

Stein. 1. Am Wasser- oder Brückentor. Eine allegorische überaus zarte Komposition. 1753.[1])

2. Die Seite 13 dieser Monographie angeführten Fresken in dem Hause Schmidt's.

3. Am Giebel des Rathhauses. Salomonis Urteil.[2])

4. Am Bräuhause.

5. Der h. Nikolaus in der Frauenberggasse.

6. Die h. Elisabet und eine h. Familie am Hause Nr. 179 in der Scheibenhofgasse.

7. Eine Göttergruppe am Hause Nr. 183.

8. Josua. Gasthof zur Sonne.

9. Der barmherzige Samaritan und Christus im Armenhaus.

10. Eine Weinlese an dem Hause Nr. 162.

11. Vom First bis zur Schwelle am Hause Nr. 191.[3])

12. In der Pfarrkirche; auch in der Kuppel einer kleinen Kapelle unter dem Chore dieser Kirche: Die Auferstehung Christi, mit dem Monogramm: M. Schmidt P. 1758.

Krems. Die Deckenbilder der Stadtpfarrkirche enthalten in fünf Feldern: a) Im Presbyterium die Anbetung des Altarssakramentes durch Engel;[4]) b) in den drei Feldern des Hauptschiffes: allegorische

---

[1]) Jos. Kinzl, Chronik der Städte Krems. Stein und Umgebung. Krems 1869, p. 285. — Fr. Tschischka l. c. p. 106 meint „vielleicht". Es ist aber entschieden eine Arbeit von Schmidt, leider aber schon an einigen Stellen sehr schadhaft, wie dies bei allen hier angeführten Fresken, die sich an den Aussenwänden von Gebäuden befinden, der Fall ist.

[2]) Eine sehr schöne Komposition, aber leider schlecht restauriert. Fr. Tschischka l. c. p. 106. — Jos. Kinzl l. c. p. 285.

[3]) Fr. Tschischka l. c. p. 106.

[4]) Ueber Wolken schwebt im Strahlenkranze die Monstranze, vor welcher Engeln anbetend huldigen; zu beiden Seiten dieses Bildes befindet sich je ein Schild; der eine trägt den Spruch: „Ecce panis angelorum", der andere: „Factus cibus angelorum".

Darstellungen des Glaubens,[1]) der Hoffnung[2]) und der Liebe;[3])

c) oberhalb des Musikerchores: Die h. Cäcilia von musicierenden Engeln umgeben.

Ein Heiligenbild am Seminarhof.

Am Steinertor.[4])

Weinzierl. Ein grosses Marienbild am Giegl- oder Lilienfelderhof 1764.

Noah segnet den Weinstock.

Madonna mit dem Kinde.

Loiben. Ober der Eingangspforte in der Umfassungsmauer zur Kirche: Der h. Quirinus in der Glorie. Unten kommen Kranke und Arme als Schutzflehende.[5])

Tiernstein. Ein Deckenbild im Speisesaal: Christus im Hause des Pharisäers zu Tische; Magdalena kniet zu den Füssen des Herrn. M. Sch. 1775.

In einer kleinen Kuppel des die Prälatur mit dem Speisesaal verbindenden Ganges ist dargestellt: Der h. Augustinus mit weltlichen und geistlichen Personen zu Tische sitzend, darunter stehen die Worte: „Wer mein Gast und Freund sein will | der schweig von fremden Fehlern still."

Hausleuthen. Die Deckenbilder des Presbyteriums der Pfarrkirche.[6])

Mart. Joan. Schmidt f. A. 1785.

Kirchberg am Walde. Die Deckenbilder der Schlosskapelle.[7])

---

[1]), [2]) und [3]) Diese Bilder wurden von Schmidt im Jahre 1787 gemalt und von Rudolf Geyling 1865 restauriert. — Die Fresken in den beiden Kapellen, ursprünglich auch von Schmidt gemalt, hatten solchen Schaden gelitten, dass sie von Rudolf Geyling ganz neu gemalt werden mussten. Sebastian Liebhardt, Geschichte und Beschreibung der Stadt-Pfarrkirche zum h. Veit in Krems, Krems 1875, p. 22—24.

[4]) Fr. Tschischka l. c. p. 102, sagt nur „wahrscheinlich": es obwaltet aber auch hier kein Zweifel, dass diese Fresken von Schmidt herrühren.

[5]) Diese Gruppe hat schon sehr gelitten.

[6]) In dem einen Felde ist die h. Dreieinigkeit dargestellt, von Engeln umringt, von denen besonders einer mit verschränkten Armen und in tiefem Nachdenken überaus lieblich ist: in dem andern Felde ist eine Allegorie: Triumph des christlichen Glaubens. Die Hauptfigur ist der Glaube, eine edle weibliche Gestalt, daneben ein Engel mit dem Schafte eines dreifachen Kreuzes, ein anderer mit einer Fackel den Satan und zwei Götzenpriester zur Tiefe stossend; zur andern Seite sind die Gestalten der Hoffnung und der Liebe, hinter welchen Moses mit den Gesetztafeln steht. Ueber Allen ist das Opferlamm des neuen Bundes auf dem siebenfach versiegelten Buche.

[7]) Im Mittelpunkte der Decke befindet sich das Auge Gottes, umgeben mit einem zweifachen Kranze von Engeln, welche Harfen, Zimbeln u. dgl. tragen.

Retz. Die Brustbilder der deutschen Kaiser im Rathssaale.[1])

Stift St. Florian. In der Stiftsapotheke: Aeskulap und Flora.[2])

Laibach. In der Kapelle des Wierand'schen Hauses (ehemal. Jesuiten-
Collegium) ein Wandbild: Der englische Gruss oder Mariä Verkündigung (6²/₃' hoch, 3¹/₃' breit), welches uns ganz genau
dieselbe Komposition zeigt, wie im Hochaltarbilde in Michelstetten.
Diesem Bilde gegenüber ist an der Wand als Gegenstück der
h. Josef, dem der Engel erscheint und ihn zur Flucht (Rückkehr?)
ermahnt.

Der Hörsaal der Mechanik oder der sogen. mathematische Saal.

III. Radierungen.

1. St. Johannes der Tauffer, Altarbild auf dem Sonntagberg, hoch
18'. Martin Joa. Schmidt fec. 1773. Oben abgerundet. Kl. Fol.

2. S. Jacobus Major. ein Plat auf der Schwechat bey Wienn in
Oesterreich gemald von Martin Joa. Schmidt, 15' hoch, 1764. Die Predigt
des h. Jacobus major vor verschiedenen Völkern nach dem Hochaltarbilde in Schwechat. Oben abgerundet. 1770. Kl. Fol.

3. Johann von Nepomuk bittet den Heiland für die Kranken, nach
dem Bilde im Dome zu Waizen. Martin Joa. Schmidt fec. 1770, kl. Fol.

4. Maria Empfengnus auf der Schwechat bei Wienn, 11' hoch.
Martin Joa. Schmidt fec. 1764. Maria auf der Erdkugel mit der Schlange

Der oberste Engelchor ist lobpreisend und anbetend dem Auge Gottes zugewendet.
der äussere blickt zur Erde nieder, kündend Gottes Macht und aufforderud zur
Anbetung. In der Peripherie der Kuppel sind die vier Evangelisten Johannes,
Matthäus. Markus und Lukas dargestellt: unter dem ersteren steht Schmidt 1732
(? wahrscheinlich 1752.) Leider sind die Fresken schon sehr schadhaft. Der
gegenwärtige Besitzer, Herr Anton Fischer R. v. Ankern würde sich ein grosses
Verdienst erwerben. wenn sie durchgreifend und geschickt renoviert würden.
Schweickhardt. Darstellung des Erzh. Oesterreich u. d. E. O. M. B. I. p. 109.

[1]) Puntschert, Denkwürdigkeiten der Stadt Retz. p. 77.

[2]) (De Luca.) Das gelehrte Oesterreich. I. Bd. 2. St. p. 349.

stehend. Ein sehr schönes Bild. Oben abgerundet. Nach dem Altarbilde in der Kirche in Schwechat, 1764. kl. Fol.

5. Assumptio B. V. Mariä. Ein Plat in Schwaben zu Reita bei Bona Elisabetha, 1764. Hoch 14' (fec. 1775.)

6. Krönung Mariä. Ein Plat auf dem Sonntagberg in Oesterreich, 18 Schuch hoch. Martin Joa. Schmidt fecit 1768. H. S.

7. Christus am Kreuze, zu dessen Füssen Magdalena. Nach dem Altarbilde in der Kirche zu Schwechat. Martin Joa. Schmidt fec. 1764. Gr. 8⁰.

S. Nicolaus. In Ungarn zu Waizen im Dom, hoch 15'. Martin Joa. Schmidt fec. 1771. In der vor Kurzem versteigerten Graf von Enzenberg'schen Kupferstichsammlung [1]) befand sich das gleichnamige Blatt mit der Jahreszahl 1770.

8. Die Kreuzabnahme. In Rembrandt's Manier schön gearbeitet. Gr. 8⁰, 1779.

9. Sterbender Heiland. Kl. Fol. [2])

10. S. Nikolaus. Ein Plat zu Stein bey Crems, hoch 15'. M. J. Schmidt fec. 1751. Der h. Nikolaus, Patron der Schiffer, 1770. Kl. Fol.

11. Der h. Johann von Nepomuk teilt Almosen an Arme und Presshafte aus. M. J. S. 1749. In der Graf von Enzenberg'schen Sammlung war das Blatt mit dem Beisatze: Schmidt inv. et sculps. 1750.[3])

12. Apollo und Pan vor Midas (4⁰.) M. J. Schmidt fec. 1771.[4])

13. Ein Faun mit zwei Satyrenkindern vor einer nackten Bachantin. Martin Joa. Schmidt fecit 1771.

14. Vier Bachanalien von Satyren, Faunen und Bachantinnen, jedes Blatt mit den drei Grazien in verschiedenen Stellungen. Drei 1771, eine 1773

15. Eine Folge von Götterfiguren der römischen Mythe, wenigstens 8 Blatt 8⁰.

---

[1]) XLIII. Wiener Kunst-Auction von C. J. Wawra. Die Kupferstichsammlung des Grafen Franz Josef von Enzenberg. Wien 1879, p. 191 Nr. 3813. 14 Bl. Auch hier wird Schmidt fälschlich Martin Joachim genannt.

[2]) Im Auktionskatalog von Miethke und Wawra über eine Versteigerung am 14. April 1862 verzeichnet.

[3]) Ein Rein- und Schmutzdruck davon unter der Bezeichnung M. J. Schmidt inven. et sculp. 1750. Während die von 1—9 angeführten Radierungen in Nagel's Allgem. Künstlerlexikon XV. p. 350 vorkommen, fand ich dieses Blatt Nr. 11 in der Sammlung „Kremser Schmidt" in der k. k. Hofbibliothek in Wien.

[4]) Radierung nach seinem Bilde in der Gemälde-Sammlung der kais. Akademie der bildenden Künste.

Venus und Cupido in der Schmiede des Vulkan (4") [1])

16. Halbfigur eines Orientalen mit einer Feder auf der Mütze und die Linke auf den Stock gestützt. M. J. S. 1750. 8°.

17. Die Figur eines Mannes im Geschmacke Rembrandt's bekleidet, nach rechts von ihm der Hund. M. J S. 1749. 12°.

—

IV. Zeichnungen.

In der erzherzogl. Gallerie Albertina. Der h. Martin 14′ 5″ hoch, 8′ 3″ breit. Enthält keine Namenszeichnung und kein Monogramm, sondern nur im Unterrande die handschriftliche Bemerkung: Accordirt pr. 150 fl. Ferdinand Unterperger (?) mpr. in Ernstbrunn.[2])

Der hochwürd. Herr Prof. Ludwig Debois im Stifte Seitenstetten besitzt zwei Blätter Handzeichnungen (mit Tusch und weisser Farbe auf grauem Naturpapier) 16 Ctm. hoch, 10 Ctm. breit, darstellend:

a) Die Verklärung Christi auf dem Berge Tabor,[3])

b) Der h. Dominik, den Pestkranken beistehend.[4])

Mehrere Suiten von Zeichnungen (45 Blätter mit 44 Zeichnungen) sind im Besitze des Herrn Reichsraths- und Landtagsabgeordneten Paul Schürer, Bürgermeisters von Stein. Dieselben haben die Aufschrift von Schmidt's Hand: „Divers Ajustements et Usages de Russie. Dedies a Monsieur Boucher Peintre du Roy Recteur en son Akademie Royale de Peinture et Sculpture et Susinspecteur de la Fabrique des Gobelins Par sontres Humble et tres Obeissant et son Eleve le Prince." Desgleichen besitzt Herr Paul Schürer 22 Blätter von Kohlen- und Federzeichnungen Schmidt's (Fol.) mit der Bezeichnung: Mart. Joh. fec. 1742.

———

[1]) Radierung nach seinem Bilde in der Gemälde-Sammlung der kais. Akademie der bildenden Künste.

[2]) Die dem h. Martin geweihte Kirche in Ernstbrunn hat die Ausführung dieser Skizze zum Hochaltarbild.

[3]) und [4]) Wahrscheinlich im Auftrage des Prälaten Dominik ·Gussmann (1747—1777) komponiert: ersteres für einen Altar, letzteres für ein Wohnzimmer des Abtes bestimmt.

—   —

V. Bilder im Privatbesitz. [1])

Die von 1—20 hier angeführten Bilder befanden sich in der ehemaligen Zebhauser'schen [2]) Sammlung in Salzburg.

1. Ermordung des Julius Cäsar. [3])
2. Eine Madonna mit dem Christuskinde, vom h. Josef belauscht. [4])
3. Mariä Vermählung. [5])
4. Die h. Ottilia. [6])
5. Der Leichnam Christi auf weisse Linnen hingestreckt. [7])
6. Marter des h. Placidus und seiner Schwester Flavia. [8])

[1]) Ich wiederhole, was ich schon p 41 gesagt habe, dass es bei der Fruchtbarkeit des Martin Johann Schmidt nicht die Absicht sein konnte, hier ein nur annähernd erschöpfendes Verzeichnis der im Privatbesitz befindlichen Originalbilder, Skizzen und Kopien zu geben. Es genügte mir nur das, was ich selbst gesehen habe, oder was verlässliche Fachleute mir freundlichst mitgeteilt haben, aufzuzählen.

[2]) Franz Zebhauser war Maler in Salzburg. Auch der Salzburger Maler Hornöck besass Bilder von J. M. Schmidt, aber alle diese Bilder kamen unter den Hammer und verschwanden zuletzt spurlos. Ich verdanke die Notizen über die Zebhauser'sche Sammlung dem nun verstorbenen Maler Petzold in Salzburg. k. k. Conservator.

[3]) Ein Knäuel von betagten Männern im aufgeregten Zustande, gehoben durch pikante Streiflichter, Ingrimm und Schrecken auf ihren Gesichtern. Dieses Bild hatte durch Krystallisierung des zur Farbentrocknung angewendeten Bleizuckers stark gelitten und sah aus, als hätte man auf die gefirniste Leinwand Sand gestreut.

[4]) Ein halb lebensgrosses Bruststück, tief in der Stimmung und pikant beleuchtet; das nackte Kind, wenn auch flüchtig modelliert, doch voll Liebreiz.

[5]) Skizze zu einem Altarbild. Niedliche, ja neckische Gestalten in saftigster Färbung. Nach diesem Bilde besitzt das Museum Carolinum Augusteum eine getreue Kopie von Zebhauser jun.

[6]) Halblebensgrosse ganze Figur; wahrscheinlich für einen Rococco-Altar bestimmt. Auf einem goldenen Teller trägt die Heilige das Augenpaar, auf welches von oben herab drollige Putten Blumen streuen. Der Kopf der Heiligen ist voll Anmut à la Guido Reni's Niobiden-Stellung, welche M. J. Schmidt so geläufig war. Sehr brillant gestickte Gewandung auf dunklem Hintergrunde.

[7]) Fast ganz im Helldunkel; hatte stark gelitten.

[8]) Viele Figuren; Format der Skizze kaum 2 Fuss hoch.

7. Der h. Sebastian durch drei Frauen vom Martertod gerettet.[1])
8. Papst Sixtus vom h. Laurentius Abschied nehmend.[2])
9. Kreuzabname.[3])
10. Taufe eines Neger-Mädchens durch einen Bischof.[4])
11. Hinrichtung eines Malefikanten.[5])
12. Seesturm bei Mondscheinbeleuchtung.[6])
13. Opfer der Iphigenie.[7])
14. Tullia lenkt das Viergespann über den Leichnam ihres Vaters.[8])
15. Porträt eines Ruperti-Ordensritters.[9])
16. Porträt einer Benediktiner-Aebtissin.[10])
17. Des Regulus Abschied von seinen Freunden.[11])
18. Eine Versammlung von Bischöfen.[12])
19. Eine Kupplerin mit einem Bauernmädchen.[13])
20. Mehrere 31 Ctm. hohe Skizzen, Braun in Braun, für einen Kreuzweg.[14])

---

[1]) Skizze zu dem Altarbilde in Strassengel. Sehr flüchtig und dünn gemalt, daher nachgedunkelt; das Fackellicht ist aber von grosser Wirkung.

[2]) Brustbild, fast lebensgross. Ausdrucksvolle Köpfe, durch vollendete Modellierung noch gehoben.

[3]) Skizze. Wohlangeordnete Gruppe. Eine Kopie davon ist als Epitaphium-bild (von Andreas Langrieder) im westlichen Teile des St. Sebastians-Friedhofes zu Salzburg.

[4]) Figuren halblebensgross und auffallend porträtähnlich behandelt.

[5]) Offenbar nach Callot'schen Stichen, aber voller Beweglichkeit in den vielen bunt gekleideten Figürchen.

[6]) In langer Friesform.

[7]) Skizze zu einem effektreichen Spektakelstück.

[8]) Die bäumenden Rosse sehr gut behandelt.

[9]) Ein ältlicher Mann; im Hintergrunde eine Burgruine.

[10]) Strenger Ausdruck und mit unglaublicher Einfachheit hingepinselt.

[11]) Eine bewegte, fast theatralische Komposition. Das Licht kommt aus dem Hintergrunde, wo eben die Sonne in's Meer taucht. Das Bild, mit dem Inventarsiegel und mit dem Starhemberg'schen Wappen versehen, hatte durch Bleizucker als Trocknungsmittel stark gelitten.

[12]) Allegorisch behandelt. In der Mitte der Versammlung liegt eine zer-trümmerte heidnische Statue: in der Glorie die h. Dreieinigkeit und musicierende Engel. Die Lichttöne sind sehr hell.

[13]) Halblebensgrosse Figuren, à la Hogarth. Vom Lampenlicht erleuchtet.

[14]) Der Maler Zebhauser führte sie im J. 1822 als Stationsbilder in der Kirche der Lorettinerinnen in Salzburg aus.

Die h. Barbara. Altarbild.[1]) (Im Museum Carolino-Augusteum in Salzburg.)

Christus am Kreuze und Magdalena. (Ebendaselbst.)

Der Traunfall in Vogelperspektive.[2]) (Ebendaselbst.)

Die h. Magdalena.[3]) (Baurath Karl Schwarz in Salzburg.)

Die Versuchung des h. Benedikt.[4]) (Josef Pfitzer, Schullehrer in Salzburg.)

Christus am Kreuze.[5]) (Franz Eckel, Ehrendomherr und Pfarrer in Stein.)

Christus am Kreuze. (Alexander Karl, Prälat des Stiftes Melk.)

H. Thekla. Altarbild.[6]) (Martin Schmidt, Ledermeister in Stein.)

Der h. Johann von Nepomuk. (Prager in Stein.)

Die h. Anna Mariä lehrend; auf der Rückseite der h. Franziskus Seraph. (Frau Prof. Kurz in Krems.)

Der Leichnam Christi im Schosse Mariens; Magdalena küsst dessen Füsse. Bezeichnet mit Mart. Joh. Schmidt. 1780. 1 Mtr. hoch,

---

[1]) Befand sich früher in der St. Sebastianskirche in Salzburg, von wo es entfernt wurde und an einen Trödler kam, der es dem Museum schenkte. Ist fein gemalt, aber ohne besonderen Wert.

[2]) Es galt, den Fahrkanal und den wilden Sturz der Traun auf einem Bilde belehrend zu geben. Die eben nicht glückliche Aufgabe ist gut gelöst.

[3]) Gutes Bild.

[4]) Längliches Bild. Dasselbe wurde von einem Geistlichen des Stiftes St. Peter bestellt, aus dessen Händen es in den Besitz des kunstsinnigen Klosterkämmerers P. Paul Nagel kam, welcher es wieder an Dr. Wenneck, k. k. Regimentsarzt in Salzburg, überliess. Aus dessen Verlassenschaft erstand es nun der gegenwärtige Besitzer, Dr. Josef Pfitzer. Das Bild stellt den Ordensstifter Benedikt dar, in vollster Manneskraft und während fleischlicher Versuchung sich in Dornen wälzend. Er blickt noch nach einem nackten Weibe, um dessen Lenden ein flatternder, durchsichtiger Schleier gelegt ist und das ein Engel mit dem Flammenschwert zur Flucht drängt; unbändig geberdet sich eine dämonische Drachengestalt vor dem Weibe. Die Stimmung des noch gut erhaltenen Bildes gehört jener bräunlichen Färbung an, wie Schmidt sie gewöhnlich auf dem Sattinober-Grund seiner Leinwand intonierte. Das geisterhafte Helldunkel, welches den Engel umgiebt, ist nicht ohne künstlerisches Geschick durchgeführt, die Flügel und die flatternde Gewandung sind mit schillernden Lichttönen erhellt. Daran ist der Pinsel Schmidt's unverkennbar, während die männliche und weibliche Nacktheit an Parmeggianino erinnert, dem es auch von italienischen Künstlern irrtümlich zugeschrieben wurde.

[5]) Ein schönes Bild. Eine Kopie desselben von dem Schüler des Kremser Schmidt, Anton Mayer, besitzt Herr Martin Schmidt in Stein.

[6]) Das Bild stammt aus dem aufgehobenen Kapuzinerkloster „Und". Modellierung und Farbe weisen auf Schmidt. Hat teilweise gelitten.

79 Ctm. breit. (Im Besitze des P. Bruno Kyrle, Kapitulars im Stifte Kremsmünster.)[1]

Die Vermählung der h. Katharina und der Tod des h. Josef. 62 Ctm. hoch, 45 Ctm. breit. (Im Besitze des P. Wilhelm Obermaier, Kellermeisters des Stiftes Kremsmünster, d. Z. in Stein.)[2]

Das Wunder der Brodvermehrung. 68 Ctm. hoch, 85 Ctm. breit.[3] Die Verklärung Christi. 81 Ctm. hoch, 56 Ctm. breit.[4] — Christus erscheint der h. Magdalena am Grabe. 97 Ctm. hoch, 74 Ctm. breit.[5] — Die Grablegung Christi. 1 Mtr. 54 Ctm. hoch, 96 Mtr. breit.[6] Im Pfarrhofe zu Pfarrkirchen bei Hall.

Der h. Nikolaus. 3 Mtr. hoch, 2 Mtr. breit. — Der h. Isidor und der h. Leonhard. 2 Mtr. hoch, 1 Mtr. 25 Ctm. breit.[7] — Die h. Barbara. 1 Mtr. hoch, 80 Ctm. breit. Oval.[8] (Sämmtliche im Besitze des akad. Malers Anton Stern in Christkindel bei Steyr.)

Der h. Franziskus von Asissi. 80 Ctm. hoch, 58 Ctm. breit. (Hochw. Kanonikus Baumgarten in Linz).[9]

Die h. Barbara, wie sie durch ihren eigenen Vater enthauptet wird. — Der h. Sebastian, von Pfeilen verwundet, welche eine Matrone mit Hilfe von zwei Dienerinnen herauszieht und seine Wunden wäscht (ein sehr schönes Bild). — Der h. Anton von Padua in seiner Zelle, auf den Armen das Jesukind haltend und in heimlicher Freude über den Anblick desselben versunken, während die h. Maria an Wolken thronend mit mütterlicher Liebe und Zärtlichkeit auf beide herabblickt, — Das Martyrium des h. Coloman. (Im Besitze des Hochw. Herrn Franz Neusser, Consistorialrathes und Pfarrers in Hafnerbach.)

Eine alte Frau, zur Rechten eine irdene Pfanne mit glühenden Kohlen. 78 Ctm. hoch, 45 Ctm. breit. (Frl. Pauline Knörlein in Linz; aus dem Nachlasse der Advokatens-Witwe Dierl in Wien.)[10]

Die Kreuzigung Christi. 1 Mtr. 2 Ctm. hoch, 73 Ctm. breit. Dieses Bild stammt wahrscheinlich aus der ehemaligen Trautmannsdorf'schen Gallerie. (Fräulein Weiss von Starkenfels in Linz.)

[1] Gut erhalten, hat aber etwas nachgedunkelt.
[2] Gegenstücke. Skizzen; aber gut erhalten.
[3] Gut erhalten.
[4] Der Grund tritt schon viel hervor.
[5] Ganz gut erhalten.
[6] In sehr mittelmässigem Zustande. .,
[7] Altarblätter, ziemlich gut erhalten.
[8] Ziemlich gut erhalten.
[9] Restauriert von Mart. Pitzer in Herzogenburg.
[10] Sehr gut erhalten.

Christus am Kreuze. 1 Mtr. 26 Ctm. hoch. 75 Ctm. breit. M. J. Schmidt 1787. (Im Pfarrhofe zu Ipsitz.)

Maria mit dem Jesukinde. 74 Ctm. hoch, 58 Ctm. breit.[1])

Die Grablegung Christi. 7 Ctm. hoch, 12 Ctm. breit. Mit der Bezeichnung: Mart. Joh. Schmidt 1784. (Besitzer Karl Groll in St. Pölten.)[2])

Porträt des Pfarrers und Dechants Franz Anton Müller in Hausleuthen (1782—1788) 1788. Mart. Joh. Schmidt pinxit. 70 Ctm. breit, 90 Ctm. hoch.[3])

Porträt des Pfarrers und Dechants Johann Michael Schwarzl zu Hausleuthen (1789—1796) 1790. Mart. Schmidt f. 75 Ctm. breit, 95 Ctm. hoch.[4]) (Im Pfarrhofe zu Hausleuthen.)

Die h. Magdalena. 91 Ctm. hoch, 70 Ctm. breit, mit der Bezeichnung: J. M. S. 1793.

Die Kreuzigung Christi. 83 Ctm. hoch, 95 Ctm. breit, mit der Bezeichnung: M. J. S. 1736. (Beide Bilder, die noch sehr gut erhalten sind, befinden sich im Pfarrhofe in Traiskirchen.)

In der Sammlung des Malers und Bilderrestaurateurs Martin Pitzer[5]) befanden sich:

---

[1]) Ein sehr schönes Bild, das Prof. Erasmus Engerth, der sich viel mit Studien der Bilder des Kremser Schmidt beschäftigte, für einen echten Kremser Schmidt erklärte. (Im Besitze des Cafétiers Joh. Rodschopf in Sechshaus bei Wien.)

[2]) Die Hauptfigur ist der Leichnam Jesu, der von Josef von Arimathäa und Nikodemus unter dem Rücken und den Füssen gehalten wird, um ihn auf das über die Grabstelle gebreitete Linnentuch zu legen. Der Mund ist etwas geöffnet, die Augen sind geschlossen; die linke Hand ist über den Leib gelegt, die rechte herabhängende Hand wird von der knieenden Magdalena gehalten, um sie mittelst eines Schwammes vom Blute zu reinigen, zu welchem Ende darunter ein niederes, ovales Gefäss steht, auf welchem obige Bezeichnung steht. Die vom Schmerz überwältigte Maria, weinende Frauen, Johannes und eine andere männliche Gestalt, die Hand auf die Brust legend; ein bis auf die Brust entblöster Mann, dem Grabeseingang zugewendet, hält den Stein. Hinter dem Haupte Jesu steht ein Knabe, das Gesicht dem Beschauer zugewendet, ein zweiter Knabe, der in der Rechten eine Fackel hält, ist mit dem Rücken aus dem Bilde herausgekehrt. Durch den Grabeseingang sieht man auf den Kalvarienberg. Das Bild ist stark nachgedunkelt und bedürfte einer Restaurierung.

[3]) Kniestück; ziemlich gut erhalten.

[4]) Kniestück; gut erhalten.

[5]) Martin Pitzer, akad. Maler, war ein genauer Kenner Schmidt'scher Bilder und als guter Restaurateur derselben bekannt. Viele derselben verdanken ihm auch ihre Erhaltung.

1. Der englische Gruss. 2 Figuren. 47 Ctm. 4·1 Mm. hoch, 26 Ctm. 3·4 Mm. breit.[1])

2. Der bethlehemitische Kindermord. 7 Figuren.

3. Die heiligen drei Könige. 9 Figuren.

4. Opferung Jesu im Tempel. 7 Figuren.

5. Die Beschneidung des Kindes Jesu. 9 Figuren.

6. Die Flucht nach Egypten. 3 Figuren.

7. Der zwölfjährige Jesu lehrend im Tempel. 12 Figuren.

8. Die Hochzeit zu Kanaan. 10 Figuren.

9. Jesus treibt die Käufer und Verkäufer aus dem Tempel. 10 Figuren. 63 Ctm. 2·2 Mm. hoch, 42 Ctm. 1·1 Mm. breit.[2])

10. Jesus lässt die Kleinen zu sich kommen. 10 Figuren.

11. Jesus predigt und heilt verschiedene Kranke. 12 Figuren.

12. Jesus speist 5000 Menschen mit wenigen Broden und Fischen. 22 Figuren.

13. Die Ehebrecherin vor Jesu angeklagt. 10 Figuren.

14. Die Auferweckung des Lazarus. 10 Figuren.

15. Erweckung des todten Mädchens zum Leben. 7 Figuren.

16. Die Sendung des h. Geistes. 13 Figuren.

17. Einzug Jesu in Jerusalem. 20 Figuren.

18. Erweckung des Jünglings vom Tode. 12 Figuren.

19. Jesus wäscht den Jüngern die Füsse. 12 Figuren.

20. Jesu lässt Magdalena die Füsse salben. 12 Figuren.

21. Jesu Auferstehung aus dem Grabe. 6 Figuren.

22. Jesu reicht Maria und den Aposteln das Abendmal. 10 Figuren.

23. Jesu mit den zwei Jüngern in Emaus. 4 Figuren.

24. Jesu erscheint der Magdalena am Grabe als Gärtner. 2 Figuren.

25. Der ungläubige Thomas. 10 Figuren.

26. Christi Himmelfahrt. 6 Figuren.

27. Die Apostel belehren das Volk über die Auffahrt Jesu. 14 Figuren.

28. Jesu wird beim Seesturm aus dem Schlafe geweckt; ovalrund.

29. Der Fischfang; ovalrund.

---

[1]) Die folgenden Bilder Nr. 2—9 sind ebenso hoch und breit.

[2]) Die folgenden Bilder Nr. 10—29 sind ebenso hoch und breit.

Radierungen von genannten und ungenannten Meistern nach Schmidt'schen Bildern.

1. Zwölf Charakterköpfe, radiert von Ferdinand Landerer unter dem Titel: Toute sorte de têtes qui sont inventées par Mr. Martin Schmidt et . . . . ébauchées en cuivre par F. Landerer (1769) Leydold exc. 8⁰.

2. Christus heilt die Lahmen. Gr. Fol. 1760.

3. Jesus vom Satan versucht. Gr. Fol. 1760.

4. Der gute Samariter. Inv. Schmidt, gravée par F. Landerer. Gr. Fol. 1760.

5. Der Astronom. Fol.

6. Der Alchymist. Schmidt inv. Landerer sc. Fol.

7. Der orientalische Geiger. Kl. 4⁰.

8. Porträt des Jos. Karl Zailner von Zailenthal, k. k. Commerzienrath und der priv. Schwechater Cottonfabriks-Direktor. Schmidt pinx Landerer sculps.

9. Esther knieend vor Ahasver. M. J. Schmidt inv. et delineavit 1773, P. Coloman Fellner fec. Fol.[1]

10. Enthauptung Johann des Täufers. Gem. von P. Coloman Fellner. 1779. Gr. 8⁰.[2]

11. Drei Mädchen mit einem Affen. Radiert von P. Coloman Fellner. Kl. Fol.[3]

12. Eine Mutter schneidet ihren zwei weinenden Knaben Brod vor. Auch u. d. T.: Das Abendbrod. Geschaben von Kauperz in Graz 1780.[4] (10¼" koch, 8" breit.) Kl. Fol.

13. Oelporträt p. J. M. Sch. Geschaben von Kauperz in Graz 1777.[5]

[1] Wurzbach, Biograph. Lexikon IV. p. 171. Eine Radierung Fellner's befindet sich in der Gemäldegallerie des Stiftes Lambach.

[2] Wurzbach l. c. Eine derb realistische Komposition, von der im Stifte Lambach ein Stich mit der Bezeichnung sich findet: Pinxit M. Schmidt.

[3] Wurzbach l. c.

[4] Die Reproduktion ist dem Grafen Cajetan v. Sauer, geh. Rath, gewidmet.

[5] Die Reproduktion ist dem Grafen Franz Ludwig von Dietrichstein gewidmet. Fuessli l. c. bezeichnet das Bild mit „Der Gelehrte", welcher, mit einer Lupe versehen, in das Studium wahrscheinlich einer Dichterhandschrift vertieft ist. Ich möchte aber dieses Bild für das Porträt des Grafen Franz II. von Dietrichstein (geb. den 22. Mai 1643, gest. am 22. Februar 1721) halten, welcher Priester der Gesellschaft Jesu war und sich wegen seiner Frömmigkeit wie auch als lateinischer Dichter ausgezeichnet hatte. Stöger, Scriptor. Provinc. Austriac. societatis Jesu, von Wurzbach l. c. III. p. 299.

14. L'Attention. (Das Mädchen mit einem Affen.) Geätzt von P. Coloman Fellner 1778.[1])

15. Der alte Mann mit der Brille. Kl. Fol.[2])

16. Sisara tué par Jahet. Gestochen von Landerer.[3])

17. Heilung des Aussätzigen. Inv. par Schmidt, gravée par Landerer 1760.

18. Der Geograph. Nach M. J. Schmidt 1780. Geschaben von Kauperz.

19. Christus und die Jünger während des Meeressturmes. Mart. Schmidt inven. et del.[4])

20. Die Auferweckung des Lazarus. Kl. quer Fol.[5])

21. Ein Weib küsst den Saum von Jesu Kleid. Desinné par Mart. Schmidt, gravé par Chr. Winkler. Kl. quer Fol.[6])

22. Der Aussätzige. Mart. Schmidt inv. et delineavit. K. Winkler. Fec. et exc. Vienn. Kl. quer Fol.[7])

23. Jesu Christ und der Versucher in der Wüste. Math. 4. inv. par Schm. gravé par F. Landerer 1760.

24. Jesus und der Hauptmann. Desinné par Martin Jean Schmidt, gravé par J. C. de Reinsperger.[8])

[1]) Pinxit von M. Schmidt. Das Original befindet sich im Minibeck'schen Kabinete.

[2]) Wurzbach l. c. p. 87.

[3]) Originalbild von Schmidt. Die Reproduktion ist dem Grafen Harrach. General der Kavallerie, gewidmet.

[4]) Die Reproduktion enthält die Verse: Der ungestüme Wind, der Wellen Wuth und Krachen, | Week unsern Heiland nicht: die Jünger wecken ihn. | Durch was? Durch ihr Gebet: „Soll er für dich auch wachen, | So sende Dein Gebet zu seinem Throne hin“. | Die gleiche Komposition befindet sich im Refektorium des Benediktinerstiftes St. Peter in Salzburg. Vgl. p. 37 dieser Schrift.

[5]) Ohne nähere Bezeichnung. Vgl. p. 37 dieser Schrift.

[6]) Die Reproduktion enthält die Verse: Das Weib begehret nichts: den Saum rührt sie nur an | Vom Kleid des Heilands, doch wird sie sogleich gesund: | bey Christo, der den grund des Hertzens siehet. kan | desselben Stimme mehr, als der beredte Mund. |

[7]) Die Reproduktion enthält die Verse: Du kannst o Herr! Wenn Du willst mich augenblicklich heilen, | Spricht dieser, und sogleich wird er von aussatz frey: | Soll Gott auch dir mein Christ! was du begehrst ertheilen! | Sieh' zu, dass dein gebett auch voll Vertrauen sey.

[8]) Die Reproduktion enthält die Verse: Ich bin nicht würdig Herr! Spricht der Hauptmann: Gott | Wendt gleich das Uebel ab. So seinem Knechte droht: | So pflegt er jenige vor andern zu erhören, die seiner Gnade sich unwürdig selbst erklären“.

25. S. Hieronymus. Martin Joa. Schmidt. Pinxit 1765, P. Hauben-stricker sculps. 1778.[1])

26. SS. Paulus et Antonius Erem. Kl. Fol. Haubenstricker sculp. 1778. J. Schmidt. Pinxit. Enzenberg.

27. Der Tod des h. Hieronymus.[2])

28. Die Kreuzigung Christi oder der Kalvarienberg genannt. 1774. Mart. Joh Schmidt pinx. Paul Haubenstricker 1779 sculp.[3]) Ein Blat zu Watzen in Dom, hoch 24 Schuch.

29. Der h. Johann der Täufer. Gem. v. J. M. Schmidt. Pekratzt von P. K. Fellner 1778. 8°.[4])

30. Der ungläubige Thomas. Pinx. J. Martin Schmidt. Gravé par K. Fellner 1774. 4°.[5])

31. Die h. Rosalia. Mart. Joh. Schmidt pinx. J. V. Kauperz sc. Graez. 4°.

32. Ein männliches Porträt. Mart. Schmidt inv. 1778. Gest. von P, Coloman Fellner.[6])

33. Drei weibliche Porträts. Inv. M. Schmidt.[7])

34. Abigail. Inv. M. Schmidt 1776.[8])

35. La mere Vierge. Pinx. M. Schmidt.[9])

36. Die Büsserin Magdalena. Pinxit M. Schmidt 1775.[10])

---

[1]) Der h. Hieronymus kniet vor dem auf einem Fels errichteten Kreuze, zu dessen Fusse das Evangelium liegt; grosse Entsagung, tiefe Meditation sprechen aus dem Kopfe des Heiligen.

[2]) Ein Einsiedler, welcher den sterbenden Hieronymus vom Boden erhebt, blickt betend zum Kreuz empor. Eine schöne Komposition.

[3]) Seitenaltarbild in der Domkirche in Waizen. Vgl.

[4]) Im Stifte Lambach befindet sich dieselbe Komposition im Stich mit der Bezeichnung: pinxit M. Schmidt.

[5]) Vgl. das gleichnamige Oelbild in der Gemäldegallerie des Stiftes Lambach.

[6]) Der Stich befindet sich in der Gemäldegallerie des Stiftes Lambach.

[7]) Die Stiche des P. Coloman Fellner befinden sich in der Gemäldgallerie des Stiftes Lambach.

[8]) Die Radierung P. Coloman Fellner's nach diesem Bilde befindet sich in der Gemäldegallerie des Stiftes Lambach.

[9]) Der Stich P. Coloman Fellner's nach diesem Bilde befindet sich in der Gemäldegallerie des Stiftes Lambach.

[10]) Das Original ist in der Gallerie des Herrn Franz Pabst, der Stich P. Coloman Fellner's darnach im Stifte Lambach.

37. Christus am Oelberg.
Geisselung Christi.
Dornenkrönnng Christi.
Christus am Kreuze.

} Inv. M. Schmidt.[1]

38. Abschied Ludwig XVI. von seiner Familie. Skizziert von M. Schmidt.[2]

39. S Magdalena. Pinxit M. Schmidt.[3]

40. Samiratanus. Skizziert von Schmidt.[4]

41. St. Petrus. Pinxit M. Schmidt.[5]

42. Mutter unseres Erlösers. Pinxit M. Schmidt.[6]

43. Porträt des Franz Schmidt. Pinxit M. Schmidt.[7]

[1] Die Stiche nach diesen Bildern von P. Coloman Fellner sind im Stifte Lambach.

[2] Der Stich nach diesem Bilde von P. Coloman Fellner befindet sich im Stifte Lambach.

[3] Etwas verschieden aufgefasst von der oben erwähnten Komposition. Einen Steinabdruck nach diesem Bilde besitzt das Stift Lambach.

[4] Ein Steinabdruck davon durch P. Coloman Fellner im Stifte Lambach.

[5] Ein Steinabdruck davon durch P. Coloman Fellner im Stifte Lambach.

[6] Ein Steinabdruck davon durch P. Coloman Fellner im Stifte Lambach.

[7] Der Stich nach diesem Bilde von P. Coloman ist im Stifte Lambach.

Franz Schmid, aus München gebürtig, Miniaturmaler. wurde am 8. Mai 1755 wirkl. Mitglied der k. Akad. d. bild. Künste. Weinkopf. Beschreib. d. k. Akad. d. bild. Künste. Wien 1783. p. 38 und 79.

www.ingramcontent.com/pod-product-compliance
Lightning Source LLC
Chambersburg PA
CBHW020806020726
47495CB00008B/2610